FOLIO POLICIER

Paul Colize

Un monde merveilleux

Gallimard

Paul Colize est né à Bruxelles, d'un père belge et d'une mère polonaise. Son œuvre a été récompensée par de nombreuses distinctions (prix Landerneau Polar, prix Polars Pourpres, prix Arsène Lupin, prix Sang d'Encre des lecteurs, prix Saint-Maur en poche ou encore prix Michel Lebrun).

Peu à peu, j'ai découvert que la ligne de partage entre le bien et le mal ne sépare ni les États ni les classes ni les partis, mais qu'elle traverse le cœur de chaque homme et de toute l'humanité.

ALEXANDRE SOLJENITSYNE

Prologue

Un brouillard l'enveloppait. Elle remonta l'allée centrale en claudiquant. Son pas irrégulier résonnait sous la voûte. Au loin, une voix sépulcrale débitait un sermon dans lequel Dieu et son serviteur avaient quelque chose à voir.

La sonnerie d'un téléphone portable tinta, aussitôt étouffée par la main de son propriétaire.

Quel manque de respect !

Elle fit une pause, reprit son souffle et tenta de se situer. Elle n'était plus loin du chœur, des silhouettes vaporeuses occupaient les premiers rangs. La famille, les amis, les connaissances. Quelques hypocrites aussi sans doute.

Elle se remit en route sans se soucier des murmures réprobateurs.

Du bout de sa canne, elle sonda le sol à la recherche des marches. La première, la deuxième, la troisième. Le métal claqua contre la pierre.

Le prêtre interrompit son laïus. Un silence gêné plana sur l'assistance.

Elle s'en fichait éperdument.

Les contours du cercueil apparurent. Il lui parut minuscule.

Comment ont-ils réussi à le mettre là-dedans?

Elle tendit la main, rencontra le vide, franchit un pas de plus. Ses doigts se cramponnèrent à l'encadrement. Elle se pencha, ferma les yeux et posa sa joue contre le couvercle.

— Adieu, grand homme.

PREMIER JOUR

Daniel

Il entra d'un pas décidé dans le local, grimpa sur l'estrade et se planta devant le groupe.

Les chuchotements cessèrent. Les six hommes se tenaient droits sur leur chaise, le buste raide, le menton relevé. La convocation leur était parvenue une heure auparavant, alors qu'ils venaient à peine de poser leur paquetage.

Il parcourut du regard les nouveaux arrivants et attendit quelques secondes avant de lancer la question d'un ton dégagé.

— Tuer ou être tué, vous avez une préférence?

Les participants restèrent dans l'expectative.

Il les dévisagea un par un avant de relancer.

— Vous n'avez pas compris la question ou vous vous foutez de moi? Tuer ou être tué, que préférez-vous?

L'un d'eux se jeta à l'eau.

— Tuer, s'il n'y a pas d'autre choix.

Il descendit de l'estrade et s'approcha du jeune homme.

— Comment vous appelez-vous?

— Lossignol.

— Selon vous, Lossignol, est-ce que les Russes vous laisseront le choix ?

L'homme baissa les yeux.

— Non.

— Dans ce cas ?

— Dans ce cas, tuer.

Il posa la main sur l'épaule du dénommé Lossignol et s'adressa à l'assemblée.

— Qui pense comme lui ?

Les autres acquiescèrent.

— Bien. Nous sommes au moins d'accord sur ce point. En mission, on laisse ses états d'âme au vestiaire. On continue ?

Ils approuvèrent d'un hochement de tête.

— Vous avez tous appris les ordres de tir à Bourg-Léopold. Qui peut me rappeler la séquence ?

Un roux filiforme leva la main.

— Moi.

— Votre nom ?

— Mauroy.

— Je vous écoute.

Il récita comme un bon élève.

— Un, indiquer la direction. Deux, définir le type de cible et la distance. Trois, télémétrer. Quatre, charger. Cinq, tirer. Si nécessaire, rectifier la distance et tirer.

Il le dévisagea avec une moue admirative.

— Bravo, Mauroy, vous avez bien appris la leçon. Récapitulons. Il y a quatre types dans la tourelle. Que fait chacun quand vous indiquez la direction ?

Un troisième participant intervint.

— Le chauffeur pile et tire le frein à main, le chef de char fait pivoter la tourelle en direction de la cible, le canonnier s'apprête à télémétrer.

— Votre nom ?

— Moers.

Il écarta les bras comme un équilibriste à la fin de son numéro.

— Parfait, Moers. Ensuite ?

Mis en confiance, Lossignol intervint.

— Le chef de char définit le type de cible et évalue la distance approximative, le canonnier confirme ou rectifie la distance, le chef de char...

Il l'interrompit.

— Arrêtons-nous quelques instants et reconstituons le déroulement.

Il haussa les sourcils et prit un ton pédant.

— Ciel, il me semble apercevoir un mouvement à onze heures. Selon moi, il pourrait bien s'agir d'un véhicule blindé de fabrication soviétique orienté de face. Je dirais qu'il se trouve, hum, à 880 mètres, et vous, mon très cher canonnier, que diriez-vous, 900 mètres ? Diantre. Pourrions-nous tomber d'accord sur 890 mètres ?

Les hommes ne purent s'empêcher de sourire.

Il se dirigea vers l'arrière de la salle. Les participants gardèrent la tête rivée vers le tableau noir.

Il s'adossa au mur du fond.

— Si je comprends bien, jusqu'à présent, nous avons trois types qui s'affairent dans la tourelle : au sous-sol, le chauffeur qui s'apprête à redémarrer, dans la tourelle, le chef de char et le canonnier qui négocient la distance. Une question quand même, que fait le chargeur pendant ce temps ?

Silence.

Il suggéra.

— Il fume une cigarette ?

Ils se figèrent.

Lossignol reprit, sans détourner la tête.

— Il attend les ordres.

— En effet, il attend que son chef de char, c'est-à-dire vous, lui indique le type de munition. Imaginons que la cible soit un T54. Que lui commanderiez-vous ?

Un quatrième prit la parole.

— Une charge creuse.

— Votre nom ?

— Boreux.

— Bonne suggestion. Je vous suis. Une charge creuse. À votre avis, messieurs, combien de temps va prendre votre chargeur pour introduire un sabot dans le canon de 105 ?

Un silence embarrassé lui répondit.

Pour cause. Les candidats n'avaient jamais chronométré l'opération. Comme aucun autre avant eux. La théorie est une chose, la pratique en est une autre.

Il haussa le ton.

— Je vous écoute. Combien de temps ?

Mauroy se jeta à l'eau.

— Je dirais entre deux et trois secondes ?

Il revint à l'avant.

— Entre deux et trois secondes ? Peut-être. Si vous avez un très bon chargeur. Et s'il stresse ?

— Quatre secondes?

Il répéta d'un ton interrogatif.

— Quatre secondes? À la bonne heure. Et s'il cafouille pour sortir l'obus du râtelier? S'il ne tient pas sur ses guiboles et perd l'équilibre en l'engageant dans le tube? Si la culasse ne se referme pas correctement?

Ils n'en menaient pas large.

Il éleva la voix.

— Combien?

Lossignol tenta le coup.

— Dans ce cas, la manœuvre peut prendre jusqu'à dix secondes.

Il secoua la tête.

— Non, messieurs, absolument pas. Avant la dixième seconde, vous êtes morts. Un obus perforant a transpercé le blindage de votre Leopard et des éclats de métal en fusion ont jailli dans la tourelle. Vous êtes cramés, déchiquetés, les couilles réduites à l'état de Treets. Vous êtes bons pour le sac en plastique.

Il marqua une pause avant de reprendre.

— Mais vous êtes morts en héros. On remettra une médaille à votre veuve pour services rendus à la patrie. Pourtant, vous aviez suivi les instructions, celles qu'on vous avait apprises à Bourg-Léopold, à l'école des blindés, celles qui sont appliquées dans les autres régiments, chez les lanciers et chez les guides. À part que chez les guides, le chargeur ne fume pas une cigarette, il boit une tasse de thé avec une rondelle de citron.

Ils se détendirent.

La rivalité entre les lanciers et les guides était notoire. Les lanciers considéraient les guides comme des noblions snobs et maniérés. De leur côté, les guides traitaient les lanciers de barbares analphabètes.

Il prit une craie et nota au tableau.

1. Flash, 11 heures – 2. Sabot – 3. Tank de face – 4. 880 mètres – 5. Je tire

Il entoura le *2. Sabot.*

— Voici un ordre de tir au 1L.

Les six candidats sous-officiers se dévisagèrent, pantois.

Il croisa les bras et les observa en silence.

Après quelques secondes, un murmure approbateur parcourut l'assemblée. La concision de l'ordre et l'inversion dans la séquence étaient pleines de bon sens. En moins de deux, tout était réglé.

Il prit une pose martiale.

— Messieurs, à partir d'aujourd'hui, vous allez devoir oublier ce qu'on vous a appris concernant les ordres de tir. Au 1L, le chargeur sait instantanément ce qu'il doit faire. Quand votre canonnier a marqué sa cible, l'obus est déjà engagé et vous êtes prêt à tirer. Quant à la distance *approximative,* vous pourrez enlever l'approximation dans six mois. Au 1L, on voit juste, le premier tir est le bon. Cible détruite. Ce sont ces dixièmes de seconde qui font la différence entre tuer et être tué.

Daniel

Il inspecta l'assise, épousseta les accoudoirs et s'installa dans le fauteuil.

À l'armée, les coiffeurs se suivent et ne se ressemblent pas. Le préposé actuel réalisait des coupes honnêtes et nettoyait son matériel après chaque passage. Son prédécesseur ne se donnait pas autant de mal. Plutôt que de passer entre ses mains, il était allé se faire coiffer en ville pendant un an.

Le milicien noua la cape autour de son cou.

— Comme d'habitude ?

— Comme d'habitude.

— Je taille la moustache ?

Il le scruta dans le miroir.

— Touchez à un poil de ma moustache et je vous flanque au trou.

Le gamin sourit.

— Ce serait dommage, le jour approche.

— Combien ?

— Treize demain matin.

Certains dissimulaient un mètre ruban dans leur béret et l'exhibaient aux bleus avec fierté.

Chaque jour, ils retranchaient un centimètre pour visualiser le temps restant avant la quille. Le jour de leur démob', ils arboraient l'embout métallique comme un trophée.

— Et après ?

— J'espère ouvrir mon salon à Dampremy.

— Vous êtes courageux et compétent, vous y arriverez.

— Merci. J'ai acquis de l'entraînement. Six jours par semaine à couper les tifs et pas une seule fois je suis monté dans un Leopard. Je ne sais même pas comment c'est à l'intérieur.

Il haussa les épaules.

— Il est plus effrayant à l'extérieur.

Le coiffeur acquiesça.

— C'est vrai qu'il fout les jetons, même de loin et à l'arrêt.

Le cliquetis régulier des ciseaux retentit, suivi de près par le ronronnement du rasoir électrique.

Il se remit en mémoire la réunion du matin. La levée s'annonçait prometteuse. Moers et Lossignol lui avaient fait bonne impression. Tant mieux, on déniche plus difficilement des chefs de char de valeur que des coiffeurs habiles.

Alors, c'est bientôt fini ?

Le milicien parut lire dans ses pensées.

— J'ai presque terminé.

Il alluma une cigarette, exhala la fumée vers le plafond et évalua le résultat dans le miroir.

— Plus court, les favoris.

Le milicien esquissa une moue dubitative.

— Comme vous voulez.

Il s'activa d'un côté, puis de l'autre.

— Voilà.

La sonnerie du téléphone se fit entendre.

Le coiffeur décrocha et s'immobilisa.

— Oui, il est ici.

Une pause.

— Bien, je l'avertis. Plus rien à votre service ?

Il raccrocha, l'air affolé.

— C'était le RSM. Vous êtes attendu à l'état-major par le colonel Brabant. De toute urgence.

Il bondit du fauteuil, se débarrassa de la cape et coiffa son béret.

Après avoir longé le bâtiment de l'escadron, il déboucha sur le *parade ground,* désert à cette heure.

Quelle pouvait être la cause de cette convocation inhabituelle ?

Il traversa au pas de charge la vaste esplanade balayée par le vent et pénétra dans les locaux de l'état-major. Il grimpa l'escalier et se dirigea d'un pas pressé vers le bureau du chef de corps.

Il ôta son béret et se présenta devant le secrétaire posté à l'entrée, un candidat officier de réserve en partie masqué par sa machine à écrire. Un nouveau. C'était la première fois qu'il le voyait. Il était chauve, épais comme un mikado, le visage ravagé par l'acné. Comme le coiffeur, il effectuerait l'entièreté de son service militaire sans mettre les pieds dans un char.

Fort de son étoile fraîchement acquise, le freluquet fit mine d'ignorer sa présence et resta concentré sur le va-et-vient de ses index sur le clavier. Son rythme de frappe laissait supposer qu'il n'était pas un virtuose en la matière. Il continua à pianoter pendant quelques instants, effectua un retour de chariot et daigna lever les yeux.

— Oui?

— Bonjour, mon lieutenant. Premier Sabre. Je suis attendu par le lieutenant-colonel Brabant.

L'aspirant acquiesça d'un hochement de tête, se leva et lui fit signe de le suivre. Il ouvrit une double porte capitonnée, annonça son arrivée d'une voix de fausset et se retira pour lui laisser le passage.

Il avança de trois pas dans le bureau et se mit au garde-à-vous.

— Premier Sabre, à vos ordres, mon colonel.

Outre le chef de corps confortablement installé dans son fauteuil, une pipe au bec, le commandant de son escadron et le RSM, l'adjudant de corps Henri Matton, étaient présents, le visage fermé.

Les huiles au grand complet.

Le lieutenant-colonel tira sur sa pipe et lui indiqua un siège.

— Repos, premier. Asseyez-vous.

Seuls un buvard immaculé et un calendrier perpétuel en cuivre ornaient son bureau. Les lambris de bois qui garnissaient les murs assourdissaient les sons. L'air empestait le tabac parfumé et un nuage de fumée bleuâtre flottait au plafond.

Il prit place, les muscles tendus, le souffle suspendu, les mains moites.

Le chef de corps s'adressa au RSM.

— Présentez-moi votre homme.

Henri Matton se dressa d'un bloc.

— Premier maréchal des logis Daniel Sabre.

Instructeur-chef de char. Escadron A. Deuxième peloton.

— État civil ?

— Marié, deux enfants.

Le chef de corps vrilla son regard dans le sien.

— Le moins qu'on puisse dire est que vous ne passez pas inaperçu, premier Sabre.

Il esquissa un mouvement pour se lever.

L'officier l'arrêta d'un geste.

— Restez assis. C'était une appréciation positive.

Le colonel prit une nouvelle bouffée avant de poursuivre.

— On m'a vanté votre sérieux, votre efficacité et votre discrétion.

— Je vous remercie, mon colonel.

— C'est tout à votre honneur et c'est ce que nous attendons de nos hommes. Passons au but de cette réunion. Vous avez entrepris les démarches pour monter en grade. Est-ce exact ?

— Affirmatif, mon colonel.

— Comme vous le savez, en plus des examens et de l'ancienneté, nous tenons compte du dossier personnel, des formations suivies, des évaluations et des recommandations des supérieurs.

Il se limita à hocher le menton.

Ne jamais répondre à une question non posée.

Brabant plissa les yeux.

— Vous êtes sur la bonne voie, premier. Néanmoins, à titre officieux, et pour confirmer le bien que nous pensons de vous, nous allons vous confier une mission.

— À vos ordres, mon colonel.

Il réprima un soupir de soulagement. Pas de remontrance ou de catastrophe annoncée.

Alors qu'il commençait à se détendre, son regard fut attiré par la présence d'un civil au fond de la pièce. Assis du bout des fesses sur l'appui de fenêtre, les traits impassibles, il suivait les échanges d'un air indifférent.

Un tel relâchement face à des haut gradés laisserait penser qu'il était Premier ministre ou propriétaire des lieux.

L'officier reprit.

— Vous servirez d'escorte. Vous irez où la personne vous dira d'aller sans lui poser de questions ni vous sentir obligé d'entretenir la conversation. Vous voyagerez en pékin. Mission officieuse signifie discrétion. Nous mettrons un véhicule à votre disposition. Avant votre départ, vous irez à l'armurerie et vous prendrez un GP que vous dissimulerez aux yeux de cette personne. La mission pourrait durer plusieurs jours. Vous recevrez une enveloppe contenant de l'argent pour couvrir vos frais. N'oubliez pas les justificatifs. Départ demain matin à neuf heures zéro zéro. Vous avez compris ?

— Affirmatif, mon colonel.

— Des questions ?

— Non, mon colonel.

— Parfait.

Il se leva.

— Plus rien à vos ordres, mon colonel ?

— Merci, premier. Vous pouvez disposer.

Il redressa le menton, effectua un demi-tour réglementaire et prit la direction de la sortie.

Sa chemise était trempée dans le dos.

Jeff

La photo de Jeff Widener fait partie de ces images que vous avez l'impression de connaître depuis toujours, parfois sans même savoir où, quand et à quelle occasion elles ont été prises.

Sur ce cliché, on voit un homme seul, vêtu d'une chemise blanche, deux sacs en plastique à la main, défiant une colonne de chars sur la place Tian'anmen.

C'est le 5 juin 1989, alors qu'il était en reportage à Pékin, que Jeff Widener, le photojournaliste de l'Associated Press, immortalisa cette scène.

La veille, l'armée avait lancé ses chars contre les manifestants, faisant des centaines de morts et plusieurs milliers de blessés.

Cet événement n'apparaît pas dans les manuels scolaires chinois et est ignoré par la jeune génération.

Cette photo est aujourd'hui considérée comme l'une des dix plus célèbres de tous les temps. Elle est souvent utilisée pour symboliser la capacité de résilience de l'être humain face à la répression armée.

Daniel

La voiture était garée à l'endroit indiqué, à l'arrière du mess des officiers, une Mercedes 220D de couleur noire, intérieur en cuir rouge. Pas un bolide de course. Tout au plus, une honnête routière.

Il fit le tour du véhicule. Il semblait neuf.

À toutes fins utiles, il inspecta la carrosserie. Ni coups ni griffes. Plaques belges standard, pas celles à fond noir des FBA, les forces belges en Allemagne.

Il déverrouilla la portière, passa une main sur le cuir et en huma l'odeur. Il s'assit et régla le siège à sa taille.

Le compteur affichait moins de 8 000 kilomètres. Il ouvrit la boîte à gants. Elle contenait des cartes routières, un *Grand Bruxelles en poche* et les documents de bord. Il consulta la carte grise. La voiture était immatriculée au nom d'une société de location bien connue. Le contrat était rédigé à son nom, il prenait cours la veille pour une durée non définie.

Il ressortit et ouvrit le coffre à bagages. Après s'être assuré que personne ne l'observait, il dissimula le GP derrière la housse de la roue de secours et rangea sa valise sur le tapis de sol. Conformément aux ordres, il avait renoncé à prendre son sac kaki réglementaire et n'avait emporté que des effets civils.

Il consulta sa montre.

8 h 55.

Départ dans cinq minutes.

À l'heure dite, il mit le contact et tira le levier de démarrage.

Le quatre cylindres diesel émit quelques claquements avant de ronronner. Il lui fallut quelques secondes pour localiser le frein à main qui se trouvait au plancher. Il enclencha la première vitesse et sortit du parking.

La veille, après son entrevue avec le chef de corps, le RSM l'avait convoqué pour récapituler les directives et en ajouter quelques-unes.

« N'en parlez à personne, pas même à votre femme. Vous me ferez un rapport téléphonique tous les matins à 7 h 30. Pas d'appels chez vous pendant la mission. En ce qui concerne la personne, restez discret, dites-en le moins possible. Vous trouverez de l'argent belge et des coupures étrangères dans cette enveloppe. Faites le change si nécessaire. N'oubliez pas les justificatifs. Un GP sera prêt à l'armurerie demain matin. N'emportez aucun effet militaire. Mangez avant de partir. Respectez le code de la route. »

Et cætera.

Pour terminer, il lui avait remis un jeu de clés et un bout de papier sur lequel était inscrit son lieu de destination.

« Compris ?

Compris. »

À aucun moment, il n'avait posé de questions. Il connaissait assez l'adjudant-chef Matton pour ne pas se lancer dans une démarche suicidaire.

Les VC, les volontaires de carrière, le surnommaient Aigle Noir, tant pour son nez busqué que pour sa propension à fondre sur une proie.

Quand il participait aux manœuvres, Aigle Noir se comportait comme s'il était en guerre. À l'instar du général Patton, il portait deux pistolets à la ceinture.

Lors du salut au drapeau quotidien, que la température soit glaciale ou caniculaire, il passait en revue les troupes figées au garde-à-vous sur le *parade ground.* Le regard inquisiteur, il arpentait les rangs d'un pas cadencé, le stick sous le bras.

De temps à autre, il se plantait devant un des hommes et l'inspectait des pieds à la tête. Gare aux chaussures mal cirées, à la chemise froissée ou aux cheveux trop longs. Il lui arrivait de sortir un tampon d'ouate de sa poche et de le promener sur les joues de la victime pour évaluer la précision du rasage.

Pour sa part, il n'avait jamais été pris en défaut.

Qu'importe, malgré son exemplarité, ils auraient pu lui imposer une autre épreuve ou choisir un meilleur moment. Le camp de Vogelsang venait à peine de se terminer et il devait poursuivre l'entraînement pour le concours interallié programmé fin novembre.

La veille au soir, il avait annoncé de manière

évasive son départ à Catherine, sa femme. Il s'était limité à évoquer une mission confiée par l'état-major en vue de sa promotion.

Il détestait lui mentir ou lui cacher quoi que ce soit et s'était senti un peu coupable de ne pas pouvoir lui en dire plus, si ce n'est que son absence pourrait durer plusieurs jours.

Elle était restée dubitative et n'avait posé aucune question. Comme lui, elle savait qu'à l'armée, une mission portait généralement un nom de code, que sa durée et son horaire étaient fixés, jour et heure. Elle fut tout aussi étonnée de le voir préparer une valise en n'y mettant que des tenues de ville.

Avant son départ, il l'avait serrée dans ses bras et lui avait assuré que tout irait bien. Au moment de refermer la porte, il lui avait annoncé qu'elle ne devait pas attendre de ses nouvelles avant son retour.

Elle s'était mordu la lèvre comme elle le faisait quand elle avait un mauvais pressentiment. Il lui avait caressé la joue et avait répété qu'elle ne devait pas s'en faire.

Il sortit de la caserne, traversa Düren et rejoignit l'autoroute.

Moins d'une demi-heure plus tard, il parvint au poste-frontière de Lichtenbusch où il exhiba sa carte d'identité et les papiers du véhicule. Le garde-frontière y jeta un coup d'œil rapide et lui adressa un salut. Il fut tenté de lui rendre le geste et se ravisa.

Chassez le naturel.

Dès qu'il fut en Belgique, ses muscles se

détendirent. Il attrapa son paquet de Belga, alluma une cigarette et expira la fumée vers le plafond. Sa nuque se dénoua, ses épaules se décontractèrent.

La Mercedes était équipée d'un autoradio. Il l'alluma et syntonisa une station. La venue des Stones à Bruxelles semblait occulter les autres titres de l'actualité, pourtant chargée. Le groupe rock se produirait le soir à Forest National, leur tournée en France ayant été annulée à cause d'une affaire de drogue liée à Keith Richards.

Il mit la radio en sourdine et élabora des scénarios.

Quel programme lui avaient-ils concocté ?

Habituellement, les tests d'aptitude n'étaient pas entourés d'un tel mystère. On évaluait les compétences militaires ainsi que les connaissances professionnelles et techniques et le savoir-être.

De plus, les officiers s'en mêlaient rarement.

Quoi qu'il en soit, il ferait ce qu'on lui dirait de faire.

Une heure et demie plus tard, il entra dans Bruxelles. Il y avait vécu pendant son enfance et connaissait la ville. Il suivit les boulevards jusqu'à l'entrée du bois de la Cambre et longea la Patinoire. Quelques années auparavant, l'arrière du bâtiment avait été transformé en boîte de nuit. Il y avait passé des moments inoubliables et pris quelques cuites mémorables.

L'été indien colorait le parc. Quelques passants promenaient leur chien sur la pelouse centrale. Des joggeurs les doublaient avec nonchalance. Plus loin, le bac faisait des allers-retours vers le Chalet

Robinson. L'heure de l'apéritif approchait. De son temps, le restaurant était fréquenté par la jeunesse dorée bruxelloise.

Il sortit du bois et parcourut l'avenue Winston-Churchill. Arrivé place Albert, il se gara. Les cloches des tramways tintaient au carrefour. Une rangée de taxis était parquée sous les chênes. Les chauffeurs fumaient en plaisantant, regroupés autour de la borne téléphonique.

Le ciel s'obscurcit et quelques gouttes de pluie étoilèrent le pare-brise. Les piétons pressèrent le pas.

La commune de Saint-Gilles lui était familière, mais le nom de la rue en question ne lui disait rien. Il consulta le plan de Bruxelles, mémorisa l'itinéraire et parvint à l'adresse indiquée à 11 h 35.

Le rendez-vous était fixé à midi tapant. Il fit un rapide passage devant la maison, une unifamiliale à la façade ouvragée et aux châssis blancs. La typique maison bruxelloise des années 1920.

Il se gara à deux blocs et patienta en fumant.

À 11 h 58, il revint à l'endroit prévu.

Non, je rêve ?

Une femme se tenait sur le trottoir, vêtue d'un long manteau gris. Taille moyenne, la chevelure flamboyante, l'allure altière. Elle s'abritait sous un parapluie et semblait perdue dans ses pensées.

Il ralentit et l'observa.

Elle portait des gants, des lunettes en écaille et serrait un porte-documents contre sa poitrine. Deux valises et un sac étaient posés à ses pieds.

La scène aurait mérité la couverture d'un magazine de mode.

Peut-être faisait-il fausse route. Il s'arrêta à sa hauteur et actionna la manivelle du lève-vitre.

— Bonjour, madame. Veuillez m'excuser, je suis le premier maréchal des logis Daniel Sabre, j'ai rendez-vous ici, à midi. Est-ce avec vous ?

Elle s'approcha et ôta ses lunettes.

— En effet, c'est avec moi, je vous attendais.

Marlène

Elle referma son parapluie et le secoua avec énergie pendant que le chauffeur – elle n'avait pas compris son nom – se livrait à des contorsions pour s'extraire de la voiture.

À juste titre, il mesurait près de deux mètres.

La prouesse accomplie, il s'immobilisa devant elle et indiqua ses valises.

— Voulez-vous que je mette vos bagages dans le coffre ?

Elle soupira intérieurement.

Où sinon ?

— Ce serait aimable.

— Vous serez seule ?

— Oui.

Il tendit la main en direction du véhicule.

— Prenez place où vous le souhaitez, madame.

— Je vous remercie.

Alors qu'il rangeait ses affaires, elle évalua les options.

Le siège passager imposait la promiscuité. Hors de question. Si elle s'installait à l'arrière, côté droit, elle aurait une vue dégagée, mais il pourrait l'épier dans le rétroviseur. Côté gauche, elle éviterait son regard et n'aurait que sa nuque à contempler. De plus, il avait reculé son siège au maximum et ses jambes risqueraient d'être écrasées.

Entre deux maux, il faut choisir le moindre. Avantage au paysage. Elle ouvrit la portière et s'assit sur la banquette. Il se rua pour refermer la porte derrière elle et rejoignit son siège à la hâte. Dans sa précipitation, sa tête heurta le montant et ses genoux butèrent contre le volant.

Elle leva les yeux au ciel. L'affaire se présentait bien. Ils lui avaient pourtant assuré qu'elle n'aurait qu'à se féliciter de ses services.

Il posa son coude sur le dossier et se retourna.

— Où souhaitez-vous aller, madame ?

— À Lyon. Je dois y être ce soir.

— Lyon ? En France ?

Il y en a d'autres ?

— Tout à fait. Je vous donnerai des précisions plus tard.

— Très bien.

La voiture démarra en douceur.

Elle s'enfonça dans la banquette et tenta de se détendre. Cette fois, elle ne pouvait plus faire marche arrière. Elle ferma les yeux et respira profondément.

La berline se fraya un passage dans la circulation et parcourut quelques kilomètres sur le Ring avant de monter sur l'autoroute.

La voie était dégagée.

Le silence s'établit dans l'habitacle, à peine

troublé par le ronflement du moteur. L'homme fixait la route, droit comme un I, la tête haute.

Elle l'observa à la dérobée, ouvrit sa serviette et prit son cahier.

Mercredi 17 octobre 1973

L'épreuve débute.

Comme tu t'en doutes, je suis pleine d'appréhensions.

Heureusement, le chauffeur était à l'heure. Il a paru surpris en me voyant. Je n'ai pas compris son nom. Imagine-toi un géant qui se cogne partout. Dans les 30-35 ans, svelte, plutôt costaud. Veston impeccable, pli dans le pantalon, cravate sobre, après-rasage discret. De courts cheveux noirs, d'épais sourcils, une voix grave. Il porte une grosse moustache taillée au millimètre, noire comme le reste.

Une heure plus tard, ils atteignirent la frontière française. Les douaniers se contentèrent d'un salut évasif et les laissèrent passer.

Après quelques instants, l'homme entrouvrit la vitre et alluma une cigarette.

Elle l'interpella.

— Pardon, monsieur.

Il jeta un coup d'œil dans le rétroviseur.

— Oui, madame ?

— Je vous prie de m'excuser, l'odeur du tabac me dérange.

Il rejeta vivement la fumée par l'interstice et écrasa sa cigarette dans le cendrier.

— Je suis désolé, madame, c'est machinal.

Il reprit sa posture rigide, les mains crispées sur le volant.

Pas content, le monsieur.

Il portait une alliance et avait les ongles soigneusement manucurés. Seule faute de goût, une imposante chevalière enlaidissait son auriculaire droit.

Elle laissa passer une vingtaine de minutes et se pencha en avant.

— Rappelez-moi votre nom, s'il vous plaît.

Il redressa la tête.

— Premier maréchal des logis Daniel Sabre.

— Sabre est donc votre nom ?

— Oui, madame. Mon prénom est Daniel. Premier maréchal des logis est mon grade.

Sa formulation syncopée l'amusait.

— Premier maréchal des logis ? Je ne savais pas que ce grade existait.

— Il vient de la cavalerie, du temps où il y avait encore des chevaux. Le maréchal des logis était le sous-officier responsable des écuries. En interne, nous abrégeons, un maréchal des logis est appelé logis, un premier maréchal des logis est appelé premier, un maréchal des logis-chef est appelé chef.

Il se tut d'un coup, comme s'il en avait dit trop.

Elle relança.

— Vous avez des étoiles sur votre uniforme ?

Il secoua la tête.

— Négatif. Pas d'étoile, madame. Quatre barrettes sur la manche ou sur les épaulettes, selon la tenue. À l'armée, on dit des sardines. Seuls les adjudants portent une étoile argentée. Les étoiles dorées sont réservées aux officiers.

— Comment suis-je censée vous appeler ? Premier ? Premier Sabre ?

— Comme je suis en civil, je vous propose de m'appeler monsieur.

— Monsieur Sabre ? Monsieur ?

— Simplement monsieur.

— Soit. Bonne route, monsieur. Pardonnez ma remarque de tout à l'heure. Vous pourrez fumer ce soir tant que vous voudrez. Ou quand nous ferons le plein de carburant.

— C'est compris, madame.

— En revanche, vous pouvez mettre la radio, si vous le souhaitez.

— Bien, madame.

Il alluma le poste, tripota le bouton de réglage en tous sens et n'obtint que d'agaçants crachotements. Il donna quelques tapes sur la planche de bord et la friture disparut.

La voix frêle de Françoise Hardy se fraya un chemin entre les accords de piano. D'un ton mal assuré, elle semblait lui adresser un message personnel.

Je suis seule à crever et je sais où vous êtes
J'arrive, attendez-moi, nous allons nous connaître

Daniel

Il avait quitté Bruxelles depuis deux heures et le temps lui semblait déjà long. Il revit le lieutenant-colonel Brabant, calé dans son fauteuil, la pipe à la bouche.

« La mission pourrait durer plusieurs jours. »

Quelle mission ? Rester cloué sur un siège inconfortable, garder le silence et s'abstenir de fumer ? Si ses supérieurs projetaient de tester sa patience, ils avaient trouvé la bonne formule.

Et quelle suite lui avaient-ils réservée ? Serait-il contraint d'attendre dans la voiture pendant que sa protégée termine ses emplettes, assiste à un défilé de mode, visite un musée ou participe à un cocktail dînatoire ?

Chauffeur et porteur de valises.

Tout ce qu'il détestait.

L'une des raisons qui l'avaient poussé à s'engager dans l'armée était sa soif d'action. Jusqu'à ce jour, ses espoirs avaient été comblés et son parcours s'était révélé prolifique. Après sa période d'instruction à l'École des troupes blindées de

Bourg-Léopold, il était parti en garnison en Allemagne, à Düren, non loin d'Aix-la-Chapelle, au sein du 1L, le prestigieux 1er régiment de lanciers.

Il avait commencé par encadrer les miliciens, ces adolescents venus de toutes les régions du pays pour accomplir leur service militaire.

Considéré comme ingrat par beaucoup, ce rôle l'avait au contraire passionné. Quand il accueillait les bleus à leur arrivée, il découvrait une bande de gamins déboussolés. Après avoir troqué leurs effets civils pour leur tenue flambant neuve, la plupart se présentaient à l'appel mal fagotés, la chemise amidonnée, le béret raide comme un 33 tours, le corps flasque, le regard fuyant.

Certains n'étaient pas fichus de lacer leurs chaussures, de se raser ou de nouer leur cravate. Interrogés sur les raisons de leur incompétence, ils bafouillaient une vague excuse avant de confesser que c'était leur mère qui s'en occupait jusqu'alors.

Au fil des jours, il leur apprenait à se prendre en charge. Il était admiratif des métamorphoses qui s'opéraient en eux. Après quelques semaines, ils se montraient capables de marcher au pas, de repasser leur *battle-dress,* de vercoter leur ceinturon et d'obéir aux ordres.

Même les fils à maman acquéraient de la maturité et se forgeaient un début de caractère.

Il éprouvait une sympathie particulière pour les grandes gueules, ceux à qui on ne la fait pas ; les armoires à glace, les fortes têtes, les bagarreurs, les protestataires, les antimilitaristes. Une fois mis au pas, ils se révélaient bien souvent les meilleurs éléments.

Plutôt que de les expédier au cachot, de faire sauter leur perm' ou de les obliger à boucler dix tours du *parade ground* au petit trot, il les prenait à part et leur ordonnait de s'équiper des pieds à la tête : tenue de combat, casque, hautes tiges, sac à dos, gamelle, gourde, pelle, le complet.

Il faisait de même et les emmenait faire un footing de quelques kilomètres dans la plaine de Zülpich. Hiver comme été, boue comme neige.

Si le fier-à-bras tirait la langue et n'en pouvait plus, il le délestait d'une partie de son barda pour le charger sur ses épaules et le raccompagnait à la caserne en l'encourageant.

En revanche, si le gaillard tenait la distance sans broncher, il le complimentait, faisait un crochet par la ville et lui offrait un verre.

Dans les deux cas, le respect mutuel était acquis.

Il retint un sourire en imaginant sa passagère en pareille situation, le visage blême, les jambes flageolantes sous l'attirail.

De quoi lui faire ravaler son arrogance.

« Vous pourrez fumer ce soir. L'odeur du tabac me dérange. Je vous appelle comment ? Bonne route, monsieur. Vous pouvez mettre la radio. »

À quand le claquement de doigts ?

Bêcheuse.

L'exact contraire de sa femme, accueillante, simple et conciliante.

Par bonheur, il avait eu la présence d'esprit de loger une cartouche de Belga dans sa valise. En

France, on ne trouvait que des Gauloises ou des Gitanes, au mieux des Royale ou des Française, des cigarettes au goût de brûlé qui irritaient la gorge.

De temps à autre, il jetait un coup d'œil dans le rétroviseur.

Madame compulsait un dossier, lisait un bouquin, inspectait ses ongles, prenait des notes, passait une main dans ses cheveux, ôtait ses lunettes, remettait ses lunettes, retirait à nouveau ses lunettes, fixait l'étoile qui ornait le capot de la Mercedes.

Quel ennui !

On était loin des pelotons de Leopard embarqués dans les trains, des longs périples à travers l'Allemagne, des pieds pataugeant dans la gadoue, des dîners de corps sous tente, des simulations de combat, des *runs* sauvages dans la campagne, du froid cinglant, du manque de sommeil, des plaisanteries douteuses et des matins chancelants.

Le point d'orgue de l'année était la participation du 1L au FTX, le *field training exercise,* les manœuvres de l'OTAN qui s'étalaient sur une quinzaine de jours le long du rideau de fer. Durant ces deux semaines, deux armées s'opposaient confraternellement, chacune identifiée par une couleur.

L'engagement faisait la joie des militaires et le malheur de la population locale. Le chemin le plus court entre deux points étant la ligne droite, les pelotons de chars étaient parfois amenés à traverser les champs, ce qu'ils faisaient en saccageant la récolte sur leur passage.

Certains paysans défendaient farouchement leur territoire, l'air menaçant, dans certains cas armés d'une simple fourche. D'autres les accueillaient à bras ouverts, leur proposaient de loger dans leur grange et leur fournissaient charcuterie, œufs, beurre et lait.

Leur hospitalité était rarement désintéressée. Ils l'offraient en échange d'un *petit* service : une marche arrière malencontreuse dans leur tracteur en fin de vie ou leur moissonneuse défectueuse.

Marché conclu.

En un temps record, le Leopard réduisait l'engin à l'état de ferraille.

Quelques jours plus tard, l'officier « dégâts » débarquait pour constater le sinistre. Dans les semaines qui suivaient, un chèque signé par l'État belge parvenait à la *malheureuse* victime.

— Vous pourriez faire une halte, s'il vous plaît ?

Il sortit de sa rêverie.

— Bien sûr, madame. Je m'arrêterai à la prochaine station-service. J'en profiterai pour faire le plein.

— Vous souhaitez manger quelque chose ?

— J'ai mangé avant de partir, mais je boirai volontiers quelque chose.

— Une bière bien fraîche ?

Le piège est un peu gros.

Il se lissa la moustache.

— Un simple verre d'eau me conviendra, madame.

Marlène

J'en ai appris un peu plus sur notre chauffeur.
Il se nomme Daniel Sabre. Le premier maréchal des logis Daniel Sabre. Il est sous-officier. Je suis sûre qu'il en impose en uniforme. Il arbore quatre sardines sur ses manches, c'est le mot qu'ils utilisent.
À sa demande, je me limite à l'appeler monsieur. Entre nous, on va l'appeler Dany.
De prime abord, Dany n'est pas un grand bavard. Chaque parole semble calculée, chaque silence mesuré, chaque geste répété.
Il a les mains soignées. Il porte une alliance et une vilaine chevalière.
À intervalles réguliers, il se tripote la moustache comme s'il s'interdisait de sourire. Il n'a pas aimé que je lui demande de ne pas fumer et a paru choqué que je lui propose de boire une bière.
J'ai bien peur qu'il se donne de faux airs d'homme du monde.

— Je vais sortir là, madame.

Un panneau signalait une station-service à cinq kilomètres.

Elle rangea le cahier et referma le porte-documents.

— Très bien.

Le bulletin d'informations radiophonique faisait le point sur le conflit israélo-arabe.

Selon les dires du général Dayan, la guerre évoluait bien. La bataille décisive dans le Sinaï n'était pas encore engagée, mais ils avaient déjà défait les Syriens et allaient à présent battre les Égyptiens.

Elle se crispa.

La guerre évoluait bien ?

Comment peut-on proférer de telles énormités ?

Pour sa part, la guerre avait gagné la bataille de ses rêves d'enfant. Elle avait 5 ans lorsqu'elle avait éclaté, 10 quand elle s'était terminée. L'intervalle entre l'insouciance et la honte.

La voiture se rangea le long des pompes à essence. Un rond rouge démesuré ornait la façade de la station-service.

Un homme en salopette vint à leur rencontre.

— Bonjour. Le plein ?

Il baissa la vitre.

— Oui, diesel.

— Gazole ? Parfait ! Profitez-en, tant qu'il y en a.

Devant le manque de réaction à sa boutade, l'homme poursuivit.

— Parce qu'avec l'embargo annoncé par l'OPEP, on pourrait bien ne plus être approvisionnés.

Le chauffeur garda le silence.

Le pompiste soupira et s'activa à l'arrière de la voiture. L'opération terminée, il indiqua le montant et griffonna les chiffres sur un bout de papier.

Sabre sortit des billets d'une enveloppe et régla le dû. Il referma la vitre et pointa un pavillon de plain-pied attenant à la station.

— On trouvera des boissons là-dedans.

La vitrine de la boutique était parsemée d'autocollants publicitaires pour une marque de chips.

Il se gara et vint lui ouvrir la portière.

Taciturne et galant.

Ils entrèrent dans l'établissement, lui en tête. De toute évidence, il maîtrisait les règles du savoir-vivre.

Deux routiers étaient accoudés au bar et discutaient avec le patron, un homme au teint rougeaud et au nez bourgeonnant.

— Que désirez-vous, madame ?

— Un Vichy.

Il désigna une table.

— Asseyez-vous, je vais vous le chercher.

Il se rendit au comptoir, passa la commande et la rejoignit, deux verres d'eau à la main. Il en posa un sur la table et s'éloigna.

Elle l'interpella.

— Vous pouvez vous installer à côté de moi. Sans vous sentir obligé, bien sûr.

Il revint sur ses pas, tira une chaise et appuya ses fesses à l'extrémité de celle-ci, mal à l'aise.

Même assis, sa taille restait impressionnante.

Elle prit l'initiative de briser la glace.

— Vous avez entendu les nouvelles ?

— Oui, madame.

— Que pensez-vous de ce qui se passe dans le monde ?

— De quoi parlez-vous ?

— De la guerre en Israël.

Il eut un geste évasif.

— Israël, c'est loin. Nous nous préoccupons davantage du conflit qui risque de se déclencher bientôt chez nous, quand les chars de l'Armée rouge déferleront sur l'Europe.

Elle n'en crut pas ses oreilles.

— Vous croyez vraiment que c'est ce qui nous attend ?

— Je le crains. En tout cas, nous nous y préparons.

Nous ?

De qui parlait-il ?

Avait-il un avis personnel sur la question ? Le droit de libre arbitre ?

Quoi qu'il en soit, elle n'avait aucune envie d'entamer un débat politique avec un homme prisonnier des convictions de sa hiérarchie.

— Espérons que vous vous trompez.

Il vida son verre et sortit son portefeuille, visiblement pressé de mettre fin au tête-à-tête.

Elle arrêta son geste.

— Laissez, c'est pour moi.

— Je ne peux pas accepter, madame.

Elle ôta ses lunettes et plissa les yeux.

— On ne le dira à personne.

Il tint son sérieux.

— Je vous remercie, madame.

Il se leva et quitta la buvette. Dès dehors, il alluma une cigarette.

Elle l'observa à travers la vitre.

Il marchait à grandes enjambées sur le parking en tirant sur sa cigarette. La dernière bouffée avalée, il écrasa le mégot du bout du pied et épousseta les manches de son veston.

Maniéré et imperméable à toute forme d'humour.

Elle héla le patron et régla la note sous l'œil goguenard des routiers. Quand elle sortit, il avait déployé une carte sur le capot et l'étudiait avec minutie.

Il se redressa.

— Je vous propose de prendre la nationale vers Reims, puis de continuer par Chaumont et Dijon. La vitesse est limitée à 110, mais nous pourrions contourner Paris et éviter les bouchons de fin de journée.

— Je vous fais confiance.

— Je vous remercie, madame.

Stefan

Le Joueur d'échecs, le livre de Stefan Zweig publié à titre posthume en 1943, fait partie des chefs-d'œuvre dont vous vous souvenez longtemps après les avoir lus.

Dans ce bref roman, il traite entre autres du nazisme et donne de l'avenir une image profondément pessimiste.

Connu pour son pacifisme inconditionnel, Zweig s'était pourtant laissé emporter par un élan patriotique – de courte durée – en 1914. Il séjournait au Coq, une station balnéaire située sur la côte belge, lorsque la Première Guerre mondiale avait éclaté.

Aussitôt rentré en Autriche dans le but de servir sa patrie, il fut déclaré inapte au combat et affecté au service littéraire de l'armée.

Envoyé en reportage sur le front, en Galicie, il fut témoin d'événements qui le confortèrent dans l'idée que la paix, même au prix de la défaite, était préférable aux horreurs et aux souffrances de la guerre.

Le 31 août 1915, de retour de mission, il écrivit :

« Ce qui a été pour moi l'expérience la plus profonde et la plus riche d'enseignements : le fait que même la chose la plus effroyable est impuissante face à la volonté créatrice d'un peuple, qu'au contraire, le feu et l'acier, la détresse et l'abattement ne font qu'embraser encore plus vivement et intensément l'énergie vitale de l'individu comme de la communauté.

Car nulle part encore je n'ai aussi fortement ressenti la puissance de la vie, l'invincibilité de toute chose terrestre, qu'en cette pérégrination galicienne à travers les décombres et les cendres. »

Stefan Zweig a été l'auteur étranger le plus lu en France au XXe siècle.

Il s'est suicidé le 22 février 1942.

Daniel

Alors que le jour déclinait, il fut pris dans un embouteillage à hauteur de Dijon. Après une dizaine de kilomètres à vitesse réduite, la procession marqua l'arrêt.

L'attente se prolongeant, il coupa le moteur.

Le murmure de la radio se mêla aux bruits extérieurs.

Il maugréa.

— Je vais voir ce qui se passe.

Il sortit et alluma une cigarette.

Certains automobilistes commentaient l'événement, debout sur leurs marchepieds ou accoudés à leurs portières. Il s'écarta de la voiture et scruta la route. À 165 mètres, une fourgonnette de la gendarmerie était rangée sur l'accotement. Une autre barrait la voie. Des gens s'affairaient dans le faisceau des phares. Une dépanneuse chargeait une camionnette accidentée.

Il écrasa sa cigarette et remonta dans la Mercedes.

— C'est terminé, on va pouvoir repartir.

Elle leva les yeux de son livre.

— Tant mieux.

— Je suis désolé pour ce contretemps, madame.

— Vous n'y êtes pour rien.

Dès que la route fut dégagée, il redémarra et prit de la vitesse.

Il bouillonnait sous son masque impassible. Ses pieds le démangeaient, ses doigts pianotaient sur le volant. Il avait commis une erreur. Il aurait dû passer par Paris. Teigneuse comme elle l'était, elle ne manquerait pas de le mentionner dans son rapport.

— Vous êtes marié ?

De quoi elle se mêle ?

Il la dévisagea dans le rétroviseur, surpris par la soudaineté de la question.

— Oui, madame.

Elle avait retiré ses lunettes et posé le bouquin sur ses genoux.

— Vous avez des enfants ?

— Deux, une fille et un garçon.

Elle opina.

— Quel âge ont-ils ?

— Ma fille a 3 ans, mon fils va fêter ses 18 mois.

— Comment s'appellent-ils ?

— Ma fille s'appelle Marie, mon fils Pierre.

— Votre femme travaille ?

— Oui.

Elle s'empressa de rectifier le tir.

— Vous n'êtes pas obligé de répondre si vous trouvez mes questions indiscrètes.

Il fit un signe d'assentiment.

— Elle est laborantine dans une pharmacie. Elle

travaille seulement le matin. L'après-midi, elle s'occupe des enfants, comme c'est souvent le cas en Allemagne.

— En Allemagne?

— Je suis stationné à Düren, entre Aix-la-Chapelle et Cologne.

Elle parut étonnée.

— Vous êtes venu d'Allemagne ce matin?

— Oui, madame.

Elle se rencogna dans la banquette, l'air songeur.

La bienséance aurait voulu qu'il lui retourne ses questions, mais les directives étaient claires et il en avait déjà trop dit.

Comment était-il censé réagir?

Refuser de répondre? S'inventer une vie? Ignorait-elle réellement qu'il venait d'Allemagne, ou cela faisait-il partie du stratagème?

Ses pensées allèrent vers Catherine.

Malgré les années, il éprouvait un manque chaque fois qu'il partait en mission. La nuit, il la cherchait dans le lit, guettait sa chaleur, son odeur. Le matin, il ressentait le vide creusé par l'absence de son corps blotti en chien de fusil contre le sien.

Il avait fait sa connaissance à l'université, au moment où il entamait ses études d'ingénieur. Leur relation était distante, leurs échanges sporadiques.

Trois ans plus tard, le vent de la contestation avait soufflé sur le campus. Les cheveux des étudiants avaient pris de la longueur, les filles s'étaient libérées des codes vestimentaires. Des slogans fusaient de tous côtés, des colombes stylisées constellaient les murs.

Il ne se retrouvait pas dans cette jeunesse révoltée dont le combat se résumait à s'asseoir par terre et à gratter une guitare en dodelinant de la tête, le regard éteint, un joint suspendu aux lèvres. Il fuyait les discussions philosophiques et les meetings pacifistes et refusait de se conformer aux signes d'appartenance.

Comme il s'obstinait à garder les cheveux courts, à porter veston et cravate, les meneurs lui avaient collé l'étiquette de « bourgeois réactionnaire ».

Au fil du temps, le mouvement avait pris de l'ampleur et son malaise s'était accentué.

Alors que les graffitis clamaient « *Make love not war* », il avait pris la décision d'arrêter ses études pour entrer à l'armée.

Hormis quelques-uns, ses camarades lui avaient tourné le dos. Magnanime, il n'avait pas cherché à les retenir. Certains changent de cap pour garder leurs amis, certains changent d'amis pour garder leur cap.

Il pensait recueillir plus d'encouragements du côté de sa mère. Elle avait également tenté de le dissuader, énumérant des arguments d'une voix blanche. En désespoir de cause, elle avait assené un verdict sans appel : « Ce n'est pas ce que ton père aurait voulu. »

Quelques semaines avant son départ pour Bourg-Léopold, il avait croisé Catherine à la faveur d'une veillée arrosée. Désinhibée par l'alcool, elle s'était ouverte, lui confessant qu'elle n'adhérait pas aux valeurs prônées par cette nouvelle mouvance qu'elle jugeait hypocrite. Les maîtres à penser qui se disaient larges d'esprit et tolérants se montraient cassants et sectaires envers ceux qui ne partageaient pas leur idéologie. Elle s'était querellée avec les suiveurs bêtifiants et s'était éloignée d'eux.

Cet échange, et la nuit qui avait suivi, les avaient rapprochés.

Ils se revirent, épisodiquement dans un premier temps, à chacune de ses permissions par la suite.

Sans diplôme universitaire, l'accès à l'École royale militaire en vue de rejoindre le corps des officiers lui était fermé. Avec un fatalisme teinté d'amertume, il avait intégré les rangs des sous-officiers, un choix forcé qui s'était finalement révélé en meilleure adéquation avec ses aspirations.

Plus d'actions, moins de ronds de jambe. Mais également moins de retours au foyer et moins de week-ends avec Catherine.

Au lieu de les décourager, ces séparations contraintes avaient renforcé leur lien. L'échéance venue, ils savouraient la joie des retrouvailles.

Peu à peu, leur idylle avait fait place à une passion dévorante, nourrie au quotidien par les lettres qu'ils s'échangeaient. L'apparition du brigadier chargé de distribuer le courrier était chaque fois saluée par les commentaires sarcastiques de ses camarades de chambrée.

À la fin du cycle universitaire, Catherine avait décroché son diplôme de pharmacienne.

Quelques semaines plus tard, il recevait son ordre de marche pour l'Allemagne. Il redoutait que ce départ en garnison signe la rupture de leur relation. Elle l'avait suivi sans appréhension.

Ils s'étaient mariés à Düren en mai 1968, alors que les jets de pavés empourpraient Paris.

Ce jour-là, fait exceptionnel, sa mère avait fait le déplacement en compagnie des parents de Catherine. En plus des témoins, de vagues connaissances avaient assisté à la cérémonie.

Une surprise les attendait à la sortie de l'église. Les sous-officiers au grand complet, en tenue de gala, les guettaient au bas des marches, leurs sabres entrecroisés formant une haie d'honneur. Très touchés, ils l'avaient longée sous des jets de riz.

Un coup de klaxon mit fin à son vagabondage. Un coupé sport immatriculé 75 le doubla et se rabattit devant lui en le frôlant.

Ses mâchoires se crispèrent.

Connard de Parisien!

À l'arrière, sa passagère s'était replongée dans sa lecture.

Il consulta la montre de bord.

— Si tout va bien, je rattraperai le temps perdu, madame. Nous serons à l'heure à Lyon.

Marlène

Nous arrivons à Lyon.
J'espère pouvoir lui parler encore ce soir. Ma nuit s'annonce peuplée d'angoisses.

— Où allons-nous, madame ?
Elle posa son stylo et ouvrit le plan de la ville.
— Suivez la direction de la gare, l'adresse ne se trouve pas loin de là.
Elle reprit sa rédaction.

Tout à l'heure, Dany m'a raconté sa vie.
Sa femme est pharmacienne. Il a deux enfants, Pierre et Marie.
Fin de l'histoire.
Et encore, j'ai dû lui tirer les vers du nez.
J'en ai déduit qu'il a reçu l'instruction d'en dire le moins possible et que la Bible est son livre de chevet.
Plus étonnant, il vient d'Allemagne. Il se tortille la moustache quand l'envie de fumer le démange. Sous ses dehors de gentleman, je le sens tendu,

comme s'il cherchait sans cesse à se maîtriser pour ne pas commettre d'impairs.

— Nous sommes devant la gare, madame.

Elle alluma le plafonnier et le guida pas à pas.

— Le boulevard devant vous. Quatrième à gauche. Première à droite. Au numéro 28. Le grand bâtiment gris.

La voiture s'arrêta le long du trottoir.

Il s'accouda au dossier et pivota vers elle.

— Voulez-vous que j'attende ?

Elle déclina l'offre.

— Ce ne sera pas la peine. J'ai réservé un hôtel dans le quartier. Vous ne devriez pas avoir de problème pour trouver une chambre si vous allez du côté de la gare. Donnons-nous rendez-vous ici, demain matin, à 10 heures. Cela vous convient ?

— Très bien, madame.

— Je vais prendre mon sac. Mes valises peuvent rester dans le coffre ?

— Bien sûr. Je veillerai sur elles, soyez sans crainte.

Il sortit, lui ouvrit la portière et lui remit son sac.

— Autre chose à votre service, madame ?

Elle sourit intérieurement.

Pour peu, il se serait mis au garde-à-vous.

Brave garçon !

— Non, je vous remercie. Je vous souhaite une bonne soirée, monsieur.

Elle attendit que la voiture ait disparu au coin de la rue et se retourna. La façade de l'immeuble était sale, décrépie et sillonnée de lézardes. Quelques fenêtres étaient éclairées, certaines grillagées.

Un homme en peignoir et pantoufles promenait son chien sur le trottoir. Il passa à sa hauteur et la dévisagea d'un air suspicieux.

Elle prit son sac, remonta une allée bordée d'arbustes et parvint à une porte vitrée. Une lumière blafarde baignait un hall peint en vert clair. Elle tenta d'ouvrir, en vain. Elle appuya sur la sonnette qui resta muette. Elle insista, prolongea la pression sur le bouton.

Elle mit ses mains en visière et regarda à travers les carreaux. Un petit comptoir de réception, quelques chaises éparses. Personne en vue. Un homme d'une quarantaine d'années vêtu d'une blouse blanche apparut, déverrouilla la porte et la toisa de la tête aux pieds d'un air revêche.

— Oui ?

— Bonsoir, je viens voir Mme Schneider.

L'homme la dévisagea avec hauteur. Une épinglette indiquait qu'il s'appelait Jean-Claude.

— Vous avez vu l'heure ? Les visites, c'est de 14 heures à 18 heures.

— Je sais, docteur. Je suis désolée de vous déranger à cette heure tardive.

— Je ne suis pas médecin.

Je m'en doute, Jean-Claude.

— Pourriez-vous faire une exception ? C'est important. Je viens de Belgique et j'ai été retardée sur la route. Je repars à la première heure demain.

L'argument ne parut pas le convaincre.

— Vous êtes de la famille ?

Une citation de Francis Walder lui revint.

Bluffer n'est pas mentir.

— En quelque sorte.

Il lui indiqua une chaise.

— Attendez ici, je vais voir si Mme Schneider ne dort pas encore et si elle peut vous recevoir.

Elle tenta de chasser son anxiété, s'assit et jeta un coup d'œil autour d'elle. Sur l'un des murs, une affiche faisait appel au bon vouloir des donneurs de sang.

Don de sang, don du cœur.

Le slogan coiffait un cœur stylisé qui déversait un trop-plein d'hémoglobine dans un autre.

De mauvais goût.

Le garde-malade revint après quelques minutes et lui fit signe de le suivre.

— Mme Schneider peut vous recevoir. Ne restez pas trop longtemps.

Il la guida dans un dédale de couloirs sombres et silencieux. Une odeur de légumes bouillis et de désinfectant imprégnait les murs.

L'espace d'un instant, le délabrement des lieux la replongea dans ses années de pensionnat.

L'homme s'approcha d'une double porte et la fit entrer dans un salon faiblement éclairé.

Planté tel un autel au centre de la pièce, un téléviseur diffusait un épisode d'*Hawaï police d'État,* volume poussé au maximum. Le sol était couvert d'un tapis à longs poils dans lequel une famille de souris passerait inaperçue. Des sièges dépareillés étaient disposés en éventail autour de l'écran. Hormis deux places vacantes, ils étaient occupés par les résidents, le corps avachi, les yeux mi-clos. Alignés en retrait, quelques fauteuils roulants complétaient l'assemblée.

L'infirmier se dirigea vers l'un d'eux, se pencha sur une septuagénaire et lui glissa quelques mots à l'oreille.

Son estomac se contracta.

Elle retint son souffle et observa la grabataire.

S'il s'agissait d'Olga Schneider, elle ne ressemblait plus en rien à la femme épanouie qui souriait sur la photo. Elle était tassée dans son fauteuil, le teint pâle, les épaules voûtées, le regard halluciné.

Le garde-malade manœuvra la chaise roulante et la poussa vers le fond de la pièce où s'ouvrait une véranda. Il l'immobilisa devant une des fenêtres et revint vers elle.

— Soyez patiente et ne faites pas trop attention à ce que Mme Schneider dit, elle est fort confuse ces derniers jours.

— Merci, monsieur.

Elle prit une chaise et s'assit en face d'Olga Schneider.

Indifférente à sa présence, la vieillarde scrutait l'obscurité à travers la baie vitrée.

— Bonsoir, Olga.

Ses yeux roulèrent dans leurs orbites à la recherche de la provenance de la voix.

— Je m'appelle Marlène. Vous avez été proche d'une personne qui est chère à mon cœur. C'était il y a longtemps.

La femme continuait de sonder la nuit.

Elle prit la photo et la glissa entre les doigts d'Olga.

— Vous vous souvenez ?

La vieille dame baissa les yeux sur le cliché.

— Regardez, Olga. Là, c'est vous. Vous êtes magnifique.

Olga Schneider releva la tête, le visage inexpressif.

Elle ne s'avoua pas vaincue.

— Elle a été prise devant votre magasin. Vous voyez, à l'arrière, on reconnaît la vitrine.

La septuagénaire se remit à explorer la photo et eut un mouvement de recul. Un gémissement s'échappa de sa poitrine.

— Vous vous souvenez, Olga ?

Les lèvres de la femme frémirent.

Elle insista.

— Regardez la personne qui est à côté de vous, vous vous souvenez d'elle ?

Olga Schneider promena un doigt sur la photo et caressa le visage de la femme.

— Irène.

Elle ressentit un choc.

La vieille dame l'avait reconnue.

Elle prit les mains d'Olga dans les siennes.

— Oui, c'est elle, c'est Irène.

La vieillarde leva la tête et la fixa, les traits inquiets.

Elle passa une main sur sa joue.

— Je ne vous veux aucun mal, Olga. Je sais qu'Irène a travaillé avec vous. J'aimerais savoir ce qui lui est arrivé.

La femme se recroquevilla, l'air buté, et reprit son dialogue avec la nuit.

Elle n'en tirerait rien de plus. Ses souvenirs s'étaient estompés ou la peur ne l'avait pas quittée.

— Je ne vous en veux pas. J'espérais que vous vous rappelleriez. C'est très loin, je comprends. Je vais vous laisser tranquille.

L'infirmier vint aux nouvelles.

— Vous avez terminé ?

— Oui, je vais m'en aller.

Elle s'apprêtait à se lever quand Olga murmura.

— Irène chantait. Irène chantait tout le temps. Et puis, un matin, Irène est partie.

Elle se rassit, émue aux larmes.

— Oui, Olga, Irène est partie un matin. Avec qui est-elle partie ? Dites-le-moi, c'est important. Essayez de vous souvenir.

La femme plissa le front, semblant fouiller sa mémoire.

Elle pressa ses mains.

— Avec qui est-elle partie, Olga ?

— Le manteau noir.

— Le manteau noir ? Irène est partie avec le manteau noir ? Qui est le manteau noir, Olga ? Quelqu'un qui portait un manteau noir ?

Elle parut terrifiée.

— Le manteau noir. La tache de vin. Laissez-moi. Je veux dormir.

Le garde-malade intervint.

— Vous devriez vous en aller. Je vais ramener Mme Schneider dans sa...

Ils s'immobilisèrent.

Le regard tourné vers les ténèbres, Olga Schneider fredonnait d'une voix chevrotante.

— Malgré les jours, les ans, il me semble entendre ton pas, et je te serre entre mes bras, Lily, Lily Marlène.

James

La plupart des donneurs de sang connaissent l'histoire de James Harrison et ne manqueront pas de vous la raconter pour vous inciter à les rejoindre.

Lorsqu'il avait 14 ans, cet Australien subit une lourde intervention chirurgicale et ne dut sa survie qu'à de nombreuses transfusions sanguines. À la suite de cette épreuve, il prit la décision de donner à son tour son sang pour sauver la vie d'autrui.

Les scientifiques découvrirent que son sang contenait un anticorps rare permettant aux femmes enceintes d'éviter le problème d'immunisation fœto-maternelle, une maladie susceptible de se développer quand la mère est de rhésus négatif et le fœtus de rhésus positif.

Pendant soixante ans, James Harrison, que l'on a surnommé «l'homme au bras d'or», offrit son sang au rythme d'un don tous les 15 jours.

On estime que plus de deux millions d'enfants ont pu échapper à la maladie hémolytique du nouveau-né grâce aux 1 173 collectes de sang auxquelles il a participé.

James Harrison a reçu la médaille de l'ordre de l'Australie en 1999.

Daniel

Avant de dénicher un hôtel, il devait trouver un bureau de change. L'enveloppe ne contenait que peu de francs français et il préférait les garder pour les repas et les pleins de carburant, d'autant qu'il ignorait si sa passagère comptait rentrer en Belgique ou poursuivre sa balade dans l'Hexagone.

« La mission peut prendre quelques jours. »

Il lui fallait également s'assurer d'être à même d'appeler le RSM le lendemain à 7 h 30 précises.

Qu'allait-il lui raconter ?

Madame m'a demandé d'aller à Lyon. Elle est entrée dans un bâtiment gris. Je ne lui ai rien demandé. Tout s'est bien passé.

Ce qui ne reflétait pas l'entière vérité. Elle lui avait fait une remarque parce qu'il fumait et il avait pris du retard sur la route.

Après l'avoir déposée, il avait fait le tour du bloc et avait inspecté l'immeuble. Il abritait une résidence pour personnes âgées.

Qui était-elle allée visiter ?

Une vieille tante mourante ? Un oncle agonisant dont elle était l'héritière ?

Au vu du délabrement de la bâtisse, il ne devait pas être millionnaire.

Il se dirigea vers le centre-ville et repéra un petit hôtel sans prétentions. Le réceptionniste parut surpris de le voir débarquer.

« Oui, il avait encore une chambre libre. Oui, un paiement en dollars était accepté. Oui, l'hôtel était équipé d'une cabine téléphonique. Une buanderie ? Aussi. Au premier étage. »

Il prit possession de sa chambre, se déshabilla et plongea sous la douche. Il se rasa, se tailla la moustache à l'aide de ses ciseaux, enfila des vêtements propres, cira ses chaussures et se rendit à la buanderie pour repasser son pantalon.

Même chez lui, il s'en chargeait. Nombre de ses camarades se faisaient coudre une fine nervure sur les jambes de leur pantalon pour former un pli permanent. Pour sa part, il préférait celui marqué d'un fer bien chaud.

Il sortit de l'hôtel et se mit à la recherche d'un restaurant abordable, sautant de l'un à l'autre pour étudier les menus affichés en vitrine. Il multipliait les prix par six pour obtenir l'équivalent approximatif en francs belges.

Les tarifs étaient exorbitants, loin des sommes dérisoires qu'il devait débourser pour manger au mess des sous-officiers, réputé l'un des meilleurs d'Allemagne.

En revanche, il gardait un souvenir obsédant de la cantine de Bourg-Léopold. Il était entré par hasard dans les cuisines et y avait découvert des cafards grouillant de toutes parts. Les bestioles surgissaient des moindres fentes et escaladaient les meubles en inox sous l'œil indifférent des cuistots.

Il chassa cette vision et jeta son dévolu sur une brasserie modeste. Il s'installa près du comptoir, commanda le plat le moins cher et alluma une cigarette.

Accrochée au-dessus du bar, une télé en noir et blanc diffusait *24 heures sur la Une.*

Dans le Golan, les combats faisaient rage.

Le président Sadate avait déclaré qu'il ne pourrait être question d'un cessez-le-feu qu'après le retrait des troupes israéliennes de tous les territoires arabes occupés. De son côté, Golda Meir n'envisageait l'arrêt des hostilités qu'à partir de la défaite de l'adversaire. À La Havane, un jeune anticastriste cubain avait pris en otage les ambassadeurs de France et de Belgique. Des produits de traitement agricole jugés toxiques faisaient l'objet d'une nouvelle réglementation.

Indifférents à ces titres, quelques hommes accoudés au zinc débattaient du projet de réduction du mandat présidentiel, certains défendant le septennat, d'autres prônant le quinquennat.

Il mangea sans appétit. En temps normal, le dîner était un moment privilégié. Il retraçait sa journée à Catherine. En échange, elle lui racontait la sienne, lui parlait des enfants et lui relatait les dernières anecdotes. Quand il était en mission, il se débrouillait pour trouver un téléphone. Cette fois, il en allait autrement.

« Pas d'appels chez vous pendant la mission. En ce qui concerne la personne, restez discret, dites-en le moins possible et suivez ses instructions. »

Au-delà de la consigne stricte, il ne voyait pas de quoi il aurait pu discuter avec sa passagère. Pas de son travail en tout cas, elle semblait antimilitariste. Et superficielle.

Le repas terminé, il régla la note, exigea un reçu et sortit de la brasserie.

Il déambula dans les rues du Vieux Lyon et entra dans un bar enfumé. Après s'être juché sur un tabouret au bar, il alluma une cigarette et commanda un whisky.

Un groupe de jeunes jouaient au baby-foot en lâchant de grands cris. Le juke-box passait *Angie,* la ballade sirupeuse des Stones. À cette heure, Mick Jagger devait se trémousser sur la scène de Forest National.

Il avala son verre et en réclama un deuxième.

Assis près de la fenêtre, deux hommes d'âge mûr disputaient une partie d'échecs, la tête entre les mains, absorbés dans leurs réflexions, sourds au bruit ambiant.

Les effets de l'alcool commencèrent à se faire sentir. Ses tensions se relâchèrent peu à peu. Il vida son verre d'un trait, héla le barman et fit tourbillonner son index.

DEUXIÈME JOUR

Marlène

Jeudi 18 octobre 1973

J'ai pu voir Olga hier soir. Tu ne l'aurais pas reconnue. C'est une vieille femme en fin de vie, repliée sur elle-même, perdue dans son monde intérieur.
Elle a regardé la photo et murmuré ton nom. J'en aurais pleuré.
Quelques mots sont sortis de ses lèvres.
Lily Marlène.
Mon Dieu! Cette chanson. Je l'avais presque oubliée. Tu la fredonnais en me couvant des yeux, comme si elle avait été écrite pour moi. C'était peu de temps avant que tu t'en ailles.
Je pensais que ce souvenir s'était évanoui. Les paroles me sont revenues, surgies des tréfonds de ma mémoire.
Te souviens-tu de nos regrets?
Lorsqu'il fallait nous séparer?
Elle ne m'en a pas appris beaucoup plus sur ce qui s'est passé. Tu chantais. Tu es partie un matin.

Le manteau noir, la tache de vin.
Qu'a-t-elle voulu me dire ?

Elle posa son stylo et consulta le réveil.

9 h 30.

Elle était encore au lit et l'heure du rendez-vous approchait.

Elle sortit des draps et considéra les trois robes suspendues aux cintres. Les autres étaient restées dans ses valises. Celle de la veille écartée, le choix se limitait à la bleue ou la verte.

Maigre dilemme.

Son rituel matinal lui manquait. Elle aimait prendre le temps de choisir sa tenue. Après avoir jeté un coup d'œil par la fenêtre pour évaluer la météo, elle ouvrait son armoire et passait en revue sa collection de robes. Indécise, elle en sortait quelques-unes, les brandissait à bout de bras et se livrait à un examen rigoureux, palpant leur texture, appréciant leur aspect, les retournant en tous sens.

Devant. Derrière.

Les élues étaient étalées sur le lit, les autres regagnaient la penderie. Pour arrêter son choix, elle les plissait à la taille, les ajustait à son corps et se plaçait devant le miroir en jaugeant son reflet.

Le profil. La poitrine. Les fesses.

Son style vestimentaire était sa marque de fabrique. On la voyait rarement dans les mêmes effets. Colorés et fantasques le week-end, sobres et discrets dans son cadre professionnel. Elle faisait de même pour la lingerie. Chaque ensemble était évalué avec soin. Il en allait de son bien-être personnel.

Le choix le plus cornélien restait les chaussures. Donnez à une femme de belles chaussures et elle pourra conquérir le monde. Trancher entre les dizaines de paires alignées le long du mur était un véritable casse-tête ; escarpins, ballerines, cavalières, bottillons, brodequins, talons plats, talons aiguilles.

Elle soupira.

Va pour la verte.

Elle se précipita dans la salle de bains, prit une douche rapide et s'habilla à la hâte. Une fois prête, elle chaussa ses lunettes et s'observa dans la glace.

Les compliments la laissaient dubitative. Elle ne s'était jamais trouvée belle ou distinguée. Malgré les années, elle gardait le sentiment d'être une adolescente rebelle, à l'allure gauche et à la chevelure indomptable.

Au moins, elle en avait conservé la silhouette.

Elle s'empara de la chemise cartonnée posée sur la table. D'un geste machinal, elle soupesa son contenu : lettres, documents officiels, coupures de presse, notes manuscrites.

La veille au soir, dès son retour à l'hôtel, elle avait parcouru les photos. Elle n'avait découvert aucune trace de manteau noir ou de tache de vin.

Elle glissa le dossier ainsi que son cahier dans le porte-documents qu'elle gardait auprès d'elle, protégé des regards.

Il lui restait vingt minutes pour ranger ses affaires, régler la facture de l'hôtel et rejoindre le premier Sabre au lieu de rendez-vous.

Tant pis pour le petit déjeuner.

Marilyn

La citation de Marilyn Monroe, « *Give a girl the right shoes and she can conquer the world* », est sujette à interprétations.

L'édition originale propose de donner à une femme « *les bonnes chaussures* », tandis que la variante française suggère « *de belles chaussures* ».

À vous de choisir.

Les causes de la mort de Marilyn Monroe font également l'objet de thèses controversées. La version officielle atteste que la mort de l'artiste, survenue dans la nuit du 4 au 5 août 1962 alors qu'elle avait 36 ans, est due à une surdose de barbituriques. Bon nombre affirment néanmoins qu'elle a été assassinée.

Dans son autobiographie parue en 2019, Gianni Russo, un acteur américain, déclare avoir entretenu une liaison épisodique avec la star jusqu'à sa mort. Selon lui, Marilyn Monroe aurait été exécutée par un tueur mandaté par Robert Kennedy, alors procureur général. Sa thèse est développée dans l'interview qu'il a accordée au *New York Post* le 2 mars 2019.

D'après lui, la mafia projetait de filmer l'actrice se livrant à des ébats sexuels en compagnie de John Kennedy *et* de son frère Robert.

L'organisation mafieuse envisageait d'exercer un chantage dans le but de forcer le président à envahir Cuba, une telle opération leur permettant de reprendre la main sur les casinos de l'île. Toujours selon Gianni Russo, JFK ne se serait pas présenté au rendez-vous.

Marilyn Monroe aurait eu vent du plan et aurait menacé de vendre l'information aux médias. Pris de panique, Robert Kennedy aurait alors décidé de la faire taire à tout jamais.

Robert Kennedy a été assassiné à Los Angeles le 5 juin 1968. John Fitzgerald Kennedy, le 35e président des États-Unis, a été abattu à Dallas le 22 novembre 1963.

Daniel

9 h 55.

Il l'aperçut dès qu'il tourna le coin de la rue.

Elle était plantée sur le trottoir, dans la même posture que la veille, son manteau replié sur le bras, le sac à ses pieds.

Au moins, il ne devrait pas l'attendre, ce qu'il avait en horreur. Catherine était également d'une ponctualité exemplaire, tant dans sa vie professionnelle que dans sa vie privée. Question d'éducation.

Il s'arrêta à sa hauteur et l'examina du coin de l'œil. Avec sa robe vert bouteille et ses bottines montantes, elle semblait en partance pour un déjeuner champêtre au sein de la famille royale.

Il descendit, contourna la Mercedes et lui ouvrit la portière.

— Bonjour, madame.

Malgré la douceur du climat, il avait boutonné son veston et mis une cravate.

— Bonjour, monsieur.

Elle retira ses lunettes et l'ausculta de haut en bas avec une expression amusée.

— Vous avez bien dormi ?

— Je vous remercie, madame. Et vous-même ?

— Très bien.

Il attendit qu'elle s'installe et referma la portière avant de ranger son sac dans le coffre.

Il déboutonna son veston et s'assit au volant.

Quel sera le caprice du jour ?

— Où allons-nous, madame ?

— Vers le sud. Prenez la direction de Valence, Montpellier, Perpignan. Je vous donnerai plus de précisions sur la route.

— Très bien.

Il démarra, suivit le parcours de la veille en sens inverse et sortit de Lyon.

Une heure s'écoula sans qu'un mot ne soit échangé.

Ce silence lui convenait. Il s'habituait peu à peu à cette absence de dialogue et la préférait à une conversation animée. Quand bien même, quels thèmes pourraient-ils aborder ?

Il se perdit dans ses pensées.

À l'heure dite, 7 h 30, il avait appelé le RSM. La discussion avait été des plus succinctes. L'adjudant-chef s'était contenté d'écouter son rapport en le ponctuant de quelques « bien » et en concluant par un encourageant « continuez ».

Aucune information, aucun indice, aucune piste sur l'objectif de la mission. La question restait ouverte. Était-ce un examen de passage en vue de sa promotion ou tenait-il simplement le rôle de chevalier servant pour l'amie – ou la petite amie – du colonel ?

Il la guetta dans le rétroviseur.

Elle semblait détendue. La tension de la veille s'était dissipée. Elle lisait, prenait des notes, regardait le paysage.

À la sortie de Montélimar, il fit une pause dans une station-service. Le plein fait, il alluma une cigarette pendant qu'elle sirotait un Vichy en terrasse. Pour sa part, il se contenta d'un Orangina qu'il but à même la bouteille, debout sur le parking.

La nuit avait été courte. Il avait la gorge sèche et l'esprit embrumé.

L'ambiance du mess lui manquait. En plus du lunch du midi, il y dînait un soir ou deux par semaine. Le repas terminé, il se rendait au salon pour déguster un whisky et jouer aux échecs ou au jacquet avec les célibataires qui logeaient à la caserne.

À cette occasion, il s'offrait un havane. Comme tout amateur, il observait un rituel minutieux. Après avoir évalué la forme et la couleur de la robe, il roulait le cigare entre ses doigts pour en estimer la texture. Il en humait ensuite le bouquet en le promenant sous ses narines. L'examen terminé, il le faisait tourner au-dessus de la flamme en aspirant lentement la fumée pour laisser les saveurs s'épanouir dans sa bouche. Le cérémonial bouclé, il s'enfonçait dans le fauteuil et exhalait la fumée à travers les lèvres et le nez.

Il alluma une deuxième cigarette, tira deux bouffées et l'écrasa avant de rejoindre la voiture.

Vers 13 heures, ils traversèrent un village aux ruelles étroites qui longeait le Vidourle.

Sa passagère s'anima.

Elle descendit la vitre et indiqua une place entourée d'arbres.

— Si on déjeunait ici ? C'est joli. En plus, les restaurants ont l'air accueillants.

Le charme du patelin lui parut moins criant. Les façades et les volets avaient besoin d'un bon coup de peinture.

— Très bien, madame.

Il se gara à proximité et lui ouvrit la portière.

Elle attrapa son porte-documents et désigna une terrasse fleurie protégée par un auvent rouge.

— Allons là-bas. Il fait beau, les gens mangent dehors. Qu'en pensez-vous ?

Ce que femme veut.

—Je vous suis.

Ils s'assirent à l'ombre, passèrent commande de la formule du jour – cuisse de canard au romarin – d'une bière blonde pour lui et d'une carafe d'eau pour elle. Au passage, la serveuse leur vanta la tarte Tatin du chef – « dépêchez-vous, il ne m'en reste que quelques pièces ». Elle déclina poliment.

Le sud de la France jouait les prolongations estivales. La température frôlait les 20 °C. Une animation bruyante régnait sur la place. Les marchands matinaux repliaient leur matériel en s'apostrophant de leur accent chantant.

Pour peu, il se serait cru en vacances.

En juillet, il avait passé une semaine dans un club familial en Espagne avec Catherine et les enfants.

Pendant que les moniteurs s'occupaient des bambins, ils en avaient profité pour se promener en scooter le long de la côte. Un jour, ils s'étaient arrêtés pour pique-niquer et avaient découvert une petite crique sauvage entourée de rochers. Ils y avaient passé l'après-midi et s'étaient baignés, nus, heureux, seuls au monde. Il se souvenait du goût du sel sur sa peau, de son rire, de ses soupirs.

Il revint au présent.

Pour l'heure, il portait un veston et sa voisine une robe de princesse.

À la table contiguë, un couple – illégitime, d'après les efforts qu'ils déployaient pour paraître sous leur meilleur jour – les épiait à la dérobée en échangeant des plaisanteries à voix basse.

Pensez ce que vous voulez.

Il avala une gorgée de bière et s'assura de la présence des cigarettes dans sa poche. L'envie le tenaillait, mais il se retint de sortir le paquet.

Elle ôta ses lunettes et plissa les yeux.

— Allez-y, pour autant que vous ne m'envoyiez pas la fumée dans la figure.

Il déclina la proposition.

— Je peux attendre, madame.

Elle se pencha vers lui.

— Madame, monsieur. Si nous changions de mode de fonctionnement ? Je m'appelle Marlène.

Il hésita, fit tourner son verre dans ses mains.

Elle insista.

— Ça vous dérange si je vous appelle Daniel ?

Il évalua la proposition en essuyant la mousse accrochée à sa moustache.

Où est le piège ?

— Je ne peux pas vous l'interdire.

— Mais vous pouvez me l'autoriser.

— Soit, je vous l'autorise.

— Dans ce cas, arrêtez de m'appeler madame et appelez-moi Marlène.

Il accueillit la proposition avec un sourire malicieux.

— C'est entendu, madame.

Marlène

Le clocher de l'église sonna deux coups.

Elle avait envie de se dégourdir les jambes avant de reprendre la route.

— Je fais le tour de la place et je vous rejoins.

Il acquiesça.

— Je vous attends.

En fumant une cigarette.

Elle traversa l'esplanade en respirant à pleins poumons. Le village embaumait la lavande, la sève d'érable et les senteurs d'automne. Les maisons badigeonnées d'ocre rose invitaient à la fraîcheur.

Elle serait bien restée encore une heure sur cette terrasse, drapée de l'insouciance du moment, loin de ses préoccupations et de la fureur des hommes.

Elle aurait aimé déguster un verre de muscat en pensant à Jacques. Parcourir le chemin à l'envers, repartir de zéro, plaisanter.

Un souffle de nostalgie l'envahit.

Des feuilles jaune orangé voletaient autour d'elle, glissaient sur le sol et formaient des tourbillons à ses pieds. Deux vieillards refaisaient le monde sur un banc, les mains posées sur leur canne.

La chanson d'Aznavour lui trotta dans la tête.

Emmenez-moi
Au bout de la terre,
Emmenez-moi
Au pays des merveilles
Il me semble que la misère
Serait moins pénible au soleil

Elle ne partait ni au bout du monde ni au pays des merveilles.

Seule la misère serait sans doute au rendez-vous.

Elle boucla le tour de la place et le rejoignit devant le restaurant. Ils se dirigèrent sans un mot vers la voiture. Un papier plié en deux était glissé sous l'essuie-glace. Il le consulta d'un œil soupçonneux, le fourra dans sa poche et lui ouvrit la portière.

L'irréprochable Dany pris en flagrant délit de stationnement interdit.

Dès qu'ils furent hors du village, elle prit son cahier.

La deuxième étape s'annonce plus délicate.

Si tout se passe comme prévu, je devrais rencontrer Régis Bertels. Comme beaucoup, il a pris la fuite quand il a senti que la fin approchait. Ensuite, on a perdu sa trace.

Il a d'abord vécu pendant plusieurs années en Afrique, au Congo belge dans un premier temps, puis à Abidjan, après l'indépendance. Il a ensuite

quitté la Côte d'Ivoire pour prendre racine en Afrique du Sud où il a appris les métiers du vin. Il y a quelques années, il a fait son retour en Europe et a racheté un petit domaine viticole dans la région de Perpignan. Il y vit sous un nouveau nom, faux bien entendu, René Varle.
Il aurait pu ne jamais être identifié, sauf que les gens en fin de vie éprouvent souvent le besoin de soulager leur conscience. Un de ses anciens acolytes a parlé, ce qui leur a permis de le localiser.
À ce jour, personne n'est venu l'inquiéter. Il se croit oublié de tous, innocent, lavé de tout soupçon, blanc comme neige.
J'ai rendez-vous avec lui demain matin. Au téléphone, je me suis présentée comme Christine Dansart, acheteuse de vins et spiritueux pour le compte d'une chaîne de grands magasins en Belgique. Ils ont assuré mes arrières.
Bien entendu, il a contrôlé.
Je ne sais pas ce que je vais lui dire, je n'ai rien préparé, je me fie à l'intuition de dernière minute.
Dans un registre plus léger, j'ai réussi à arracher un sourire à notre Dany. Ce ne fut pas une franche partie de rigolade, seulement un premier pas encourageant. Le faire parler est une véritable gageure. Tu devrais le voir. Il est habillé comme s'il allait à un mariage. Ils m'ont dit le plus grand bien de lui.
Je ne sais si sa présence est un avantage ou un obstacle.

Elle rangea son cahier et referma le porte-documents.

Son regard s'attarda sur le paysage. Le décor changeait au fil des heures, brisant la monotonie du voyage. Plus ils se dirigeaient vers le sud, plus les arbres prenaient de la vigueur. Des champs de vignes apparaissaient, ondulant à l'infini. Les toits des villages descendaient en pente douce. Les clochers gagnaient en humilité. Pour peu, on entendrait le chant des grillons.

Les yeux rivés sur la route, Sabre semblait insensible à la beauté des lieux.

Elle l'interpella.

— Vous m'avez dit que vous étiez caserné en Allemagne.

Il sortit de sa torpeur.

— Affirmatif.

— Où exactement ?

— À Düren, près d'Aix-la-Chapelle.

— Dans quelle « spécialité » ? Je ne sais pas si c'est le bon mot.

— Les blindés.

— Comment s'appelle votre bataillon ?

La question parut le surprendre.

— Le 1er régiment de lanciers. Le mot « lancier » est resté et les chars ont remplacé les chevaux. Même s'il en reste quelques-uns, pour les parades. Le lieutenant-colonel Brabant est notre chef de corps. C'est un officier compétent et généreux, très apprécié de ses hommes. J'ai beaucoup de respect pour lui.

— Vous parlez de lui comme si c'était un de mes amis et que vous vouliez vous faire bien voir.

Sa moustache se hérissa.

— Vous ne le connaissez pas ?

— Je n'ai jamais entendu parler de lui.

Il se raidit sur le siège.

— Pardonnez-moi, je pensais que vous vous connaissiez.

— Pas du tout. Rassurez-vous, si je le rencontre un jour, je lui dirai que vous l'admirez beaucoup.

Il resta impassible.

Elle attendit quelques instants et se pencha en avant.

— Pour ma part, puisque vous me posez la question, je suis professeur de français.

Il dodelina de la tête comme s'il mettait en doute cette déclaration.

— C'est un beau métier.

— Le plus beau, merci. J'enseigne aux élèves des classes de rhéto, à l'athénée Robert-Catteau. L'école sera bientôt mixte. Pour l'instant, je n'ai que des garçons, entre 18 et 20 ans. Disciplinés et pacifiques pour la plupart, ce n'est pas le cas dans toutes les écoles. C'est leur dernière année, s'ils la réussissent, ils partiront à l'unif ou iront faire leur service militaire.

Il acquiesça.

— J'en ai connu quelques-uns qui venaient de là. On les repère de loin, comme tous les Bruxellois.

Sa remarque l'intrigua.

— Tiens donc ? À quoi les reconnaissez-vous ?

Il lissa sa moustache.

— L'accent, les chaussures, la coupe de cheveux.

— Vous êtes fin psychologue.

Il haussa une épaule.

— En fait, ce sont plutôt les provinciaux qu'on reconnaît à l'accent, aux chaussures et à la coupe de cheveux. Avec le port de l'uniforme et la coupe ABL, le niveau se stabilise un peu. Il reste l'accent.

— ABL ?

— Alpha Bravo Lima. Armée belge, *Belgisch leger.*

— Merci pour la précision. J'en déduis que vous êtes Bruxellois.

— Je suis né à Bruxelles, en effet.

Miracle, il se livre.

Elle en profita pour le titiller.

— Personnellement, je ne trouve pas que les Bruxellois ont un accent des plus mélodieux. Ni qu'ils parlent mieux que les provinciaux. En plus de leurs sempiternelles confusions verbales, on dirait qu'ils sont incapables de prononcer *ui.* Ils disent « oui ». *Ou-i.* « Le houit jouillet, je souis un cours de couisine en Souisse. »

Il resta imperturbable.

— Je n'avais jamais remarqué.

— Parce que vous êtes tombé dedans quand vous étiez petit.

— Sans doute.

Il pencha la tête en arrière.

— Qu'entendez-vous par confusions verbales ?

Il était ferré.

— Savoir et pouvoir, pour citer la plus courante.

Est-ce que tu saurais me téléphoner ce soir ? Est-ce que tu saurais me passer le sel ? Soyons sérieux, Daniel ! Toute personne normalement constituée a les capacités intellectuelles de passer une salière à son voisin.

Il opina avec fatalisme.

— En effet.

— Vous étiez bon en français ?

Sa moustache monta d'un cran.

— Pas vraiment. Je sais qu'un adverbe est toujours invariable. C'est avec l'accord du participe que j'ai souvent du mal.

— Qui n'en a pas ?

— Vous, je présume.

Sa remarque l'amusa.

— Il m'arrive de devoir réfléchir.

— Moi, c'est quand le truc est placé devant que j'hésite.

— Le *truc* ? Le COD ?

— Oui.

— C'est pourtant simple, Daniel. Le participe passé employé avec l'auxiliaire « avoir » s'accorde en genre et en nombre avec le complément d'objet direct lorsque celui-ci est placé avant le verbe.

Il poussa un soupir résigné.

— Si vous le dites.

— La personne que j'ai vue. Vue avec E, puisque le COD, en l'occurrence « la personne », est placé avant le verbe. J'ai vu la personne, sans E, le COD suit le verbe. La robe que j'ai mise, mise avec E. Vous me suivez ?

Il répondit sans quitter la route des yeux.
— Je vous suis, madame.
Il avait tendu les lèvres pour prononcer un *ui* sans bavure.

Keanon

Nous blâmons bien souvent la focalisation excessive que font les médias sur les tueries de masse.

Dans le même temps, nous pourrions leur reprocher de passer sous silence certains incidents qui ont connu une fin heureuse.

Le 17 mai 2019, à Portland, dans l'Oregon, un élève âgé de 19 ans est arrivé au lycée armé d'un fusil à pompe, créant un mouvement de panique autour de lui.

Alors que ses camarades fuyaient en tous sens, Keanon Lowe, l'entraîneur de football de l'école, s'est approché de lui avec sang-froid, l'a pris dans ses bras et l'a serré contre sa poitrine.

Après l'avoir désarmé, il a continué à l'étreindre contre son cœur en lui parlant, et ce jusqu'à ce que le jeune homme se soit calmé.

Interrogé par une chaîne de télévision sur son acte et le courage dont il avait fait preuve, Keanon Lowe a déclaré : « *J'ai ressenti de la compassion pour lui. Souvent, quand tu es jeune, tu ne te rends pas compte de ce que tu fais, jusqu'au moment où ça se termine. Tout est arrivé si vite, et pourtant, c'était la fraction de seconde la plus longue de ma vie. C'était un moment très émotionnel, pour lui comme pour moi.* »

Vingt ans plus tôt, le 20 avril 1999, la fusillade de Columbine avait fait quinze morts et une vingtaine de blessés. Le bilan aurait été plus lourd si les deux auteurs, âgés de 17 et 18 ans, avaient réussi à faire exploser leurs bombes artisanales.

Daniel

Ils approchaient de Perpignan. Le jour déclinait et la fatigue se faisait sentir.

Les bornes kilométriques succédaient aux bornes kilométriques, les platanes aux platanes. Il en avait assez d'être enfermé dans cette voiture. À force de rester assis, ses jambes étaient ankylosées et ses fesses le démangeaient.

Alors qu'il abordait une longue ligne droite, une moto le doubla. Le pilote se maintint à sa hauteur et inspecta l'arrière de l'habitacle sans retenue. Il évalua la passagère et leva un pouce complice dans sa direction.

En temps normal, il lui aurait répondu par un geste tout aussi explicite.

— Je suis désolé, madame.

Il guetta sa réaction.

Elle se contenta de hausser les épaules.

— J'ai toujours eu beaucoup de succès avec les motards.

Cette femme l'intriguait.

La leçon de français l'avait tiré de l'ennui. Les

questions continuaient néanmoins de ricocher dans sa tête. Elle donnait cours à Bruxelles, ne semblait rien connaître de l'armée et n'avait jamais entendu parler du lieutenant-colonel Brabant.

Durant le déjeuner, il avait remarqué qu'elle portait une alliance.

Pourquoi n'avait-elle pas demandé à son mari de la convoyer ? À quoi rimait ce périple ?

Tout en cherchant d'hypothétiques réponses, il continuait à s'entraîner mentalement.

Les manœuvres que j'ai effectuées. La cravate que j'ai choisie. La vodka que j'ai bue. Des vers luisants.

Des souvenirs de son enfance lui revinrent.

Il se revoyait dans la cuisine, penché sur ses devoirs de français, sa mère assise face à lui, à l'affût de ses moindres gestes.

Quand elle perdait patience, ce qui lui arrivait fréquemment, les révisions prenaient des allures théâtrales. Elle se levait, inspirait profondément et se lançait dans une longue envolée.

« Un adverbe est toujours, toujours, toujours, toujours, toujours, toujours, toujours, toujours, toujours, toujours invariable. »

Chaque *toujours* était ponctué par le plat de sa main sur la table.

Elle pensait que ces répétitions obstinées l'aideraient à ancrer les principes dans sa mémoire. Dans les faits, il retenait le *toujours* et oubliait ce qui le précédait et ce qui le suivait.

Fils unique, qui plus est élevé par une femme seule, il était l'objet d'un amour fusionnel assorti d'une intransigeance démesurée. Avec opiniâtreté, elle piétinait ses rêves d'enfant pour tenter de le façonner à son idéal, visant sans cesse la perfection, n'admettant ni échec ni faiblesse de sa part.

Jour après jour, il endossait ses angoisses, ses manques et ses ambitions déçues. Il était sa chose, son passé, son présent, son futur.

Ce n'est qu'à l'adolescence, à la faveur de ses premiers flirts, qu'il avait pris conscience des effets malfaisants de cette mère surprotectrice.

Comme si elle s'en était rendu compte, elle avait subitement abandonné sa combativité pour le déifier et le couvrir de louanges. Chacun de ses gestes devenait acte de bravoure, chaque mot parole d'Évangile. S'il était rentré du collège avec le scalp d'un prof, elle aurait salué son adresse au couteau.

La leçon que j'ai revue. La puissance du canon. Pourriez-vous me passer le poivrier ?

Elle interrompit son voyage introspectif.

— Vous avez toujours porté la moustache ?

Il l'observa dans le rétroviseur.

Ses yeux brillaient dans l'ombre. Elle avait ôté ses lunettes et guettait sa réaction avec un sourire espiègle.

Il se prit au jeu.

— Depuis mes 6 ans seulement.

Elle acquiesça.

— C'était une bonne décision, elle vous va bien. Ce qui n'est pas toujours le cas, certains hommes ont l'air de se trimballer avec une mascotte de foire sur les lèvres. Et ne parlons pas de la barbe émaillée des lambeaux du dernier repas.

Il se retint de sourire.

Sous ses apparences austères, elle ne manquait pas d'humour.

— J'ai essayé plusieurs variantes avant de choisir celle-ci.

Elle s'avança.

— Ah bon ? Racontez-moi.

— J'ai commencé par le modèle fer à cheval, façon Jason King, vous connaissez ?

— La série britannique ?

— Oui. J'avais vraiment fière allure. Hélas, ma femme n'aimait pas. Je suis passé au guidon de vélo, ce qui demandait beaucoup de soins. Alors, j'ai tout rasé et je me sentais nu. Un homme sans moustache, c'est comme une femme avec moustache.

Elle approuva d'un murmure.

— La citation est de Tchekhov. Vous avez des lettres. Vous lisez ?

— Peu. Je n'ai plus le temps.

— Mes élèves racontent la même chose. Quand on aime lire, on trouve le temps.

— À leur âge, ils ont sans doute envie de faire des choses plus amusantes ; pratiquer un sport, aller au cinéma, participer à des surprises-parties.

Elle pouffa.

— Des surprises-parties ? On n'utilise plus cette expression depuis dix ans, Daniel.

— Vous m'avez compris.

— Soit. L'un n'empêche pas l'autre. Vous devriez vous remettre à la lecture, comme vous n'avez plus l'âge de traîner dans les soirées dansantes, enfin je suppose ?

Si elle savait.

—Je vais y penser.

— N'y pensez pas, faites-le.

Il se raidit sur le siège.

— Bien, madame.

— Ne vous moquez pas, il faut parfois pousser les gens vers leur bonheur. Certaines personnes doivent leur survie à la littérature. Et arrêtez de m'appeler madame.

Il consulta l'horloge de bord.

17 h 57.

— Voulez-vous que je mette la radio ? C'est bientôt le journal.

— S'il vous plaît.

Il obtempéra.

Pour la millième fois, Michel Sardou listait les symptômes de la maladie d'amour. Après avoir enduré ses lamentations pendant tout l'été, il avait fini par ne plus supporter cette chanson.

Après quelques spots publicitaires, le carillon d'Europe 1 retentit.

« Proche-Orient. Très violents combats dans le Sinaï pendant que M. Kossyguine est au Caire pour une mission de paix. L'avion Paris-Nice détourné par une femme surexcitée. »

Elle souffla dans son dos.

— Vous pouvez couper, j'en sais assez.

Il éteignit le poste.

— Nous arrivons à Perpignan.

— Prenez la direction du centre.

Il l'épia du coin de l'œil.

Sa bonne humeur s'était envolée. Elle remuait sur la banquette, rassemblait ses affaires et les rangeait dans son porte-documents.

Elle se pencha en avant.

— Je dois vous dire quelque chose, Daniel.

Le timbre de sa voix avait changé.

— Je vous écoute.

Elle s'éclaircit la gorge.

— Vous devez vous demander ce que vous faites là, à me balader où bon me semble sans connaître les raisons de ce voyage. Je suis censée garder le silence, mais cette situation m'embarrasse.

Et moi donc !

— Vous ne me devez aucune explication.

— Je sais. J'aimerais quand même vous confier certaines choses.

Marlène

Un cyclomoteur passa sous la fenêtre de sa chambre en pétaradant, troublant la quiétude des lieux.

L'hôtel était situé dans une rue bordée de palmiers. Malgré son emplacement central, le quartier était calme et semblait peu fréquenté. En face, un restaurant italien avait dressé ses tables sur le trottoir, en attente de clients. De savoureuses odeurs de cuisine flottaient dans l'air.

Elle se posta devant le miroir et inspecta sa tenue.

Cette fois, elle avait emporté l'ensemble de ses bagages. Après de longues hésitations, elle avait opté pour une jupe plissée jaune moutarde, un chemisier blanc à col souple, une veste légère et des sandales à lanières.

Elle finalisa les préparatifs en posant quelques gouttes de parfum derrière ses oreilles, une autre sur ses poignets.

Allons-y !

C'est au moment où elle avait décroché son poste d'enseignante qu'elle avait troqué ses vieux jeans rapiécés, ses chemises à franges et ses pulls trop larges pour des tenues plus formelles. Les lunettes en écaille, adoptées à la même période, visaient dans un premier temps à affirmer son autorité. À présent, elle en possédait plusieurs paires et en jouait, les choisissant en fonction de ses envies, les chaussant ou les ôtant selon les circonstances.

Elle verrouilla son attaché-case dans l'armoire, glissa son portefeuille dans un sac à main à chaînette et sortit de l'hôtel.

À leur arrivée à Perpignan, elle avait suggéré à Daniel de prendre une chambre dans le même établissement qu'elle. Il avait décliné la proposition d'un hochement de tête évasif. Elle n'avait pas insisté. Il semblait coincé, rigide, figé sur ses principes et soumis à sa hiérarchie. De plus, elle le suspectait d'être près de ses sous ou de disposer d'un budget limité.

Avaient-ils fait le bon choix ?

Elle avait longuement réfléchi à ce qu'elle allait lui dire, à ce qu'elle allait taire, aux informations qu'elle allait travestir et à la manière dont elle allait lui présenter les choses sans mentir ou commettre d'impairs.

Les consignes qu'elle avait reçues étaient claires.

« Les éléments qui se trouvent dans le dossier sont confidentiels et doivent le rester. »

Elle remonta l'avenue qui menait à la gare et traversa le parvis en direction du restaurant où ils s'étaient donné rendez-vous.

L'air était doux. Un souffle tiède lui caressait les

joues. Elle jeta un coup d'œil à la gare et sourit en repensant aux déclarations de Salvador Dalí.

Quelques années auparavant, le sulfureux peintre catalan avait sacré le modeste bâtiment « centre du monde » après y avoir, selon ses dires, « éprouvé une véritable éjaculation mentale qui lui avait permis d'atteindre une extase cosmogonique et de concevoir la constitution de l'univers ».

L'histoire raconte qu'il avait livré cette confession dans une calèche garée devant la station, avec Babou, son ocelot, sur les genoux.

Il fallait qu'elle retrace cette anecdote à Daniel, cela lui arracherait peut-être un sourire supplémentaire.

Elle se détacha de ses pensées, les sens aiguisés par la désagréable impression d'être observée.

Deux hommes avançaient vers elle en la dévisageant. La petite trentaine, la démarche chaloupée, la tenue débraillée.

Elle fit un écart. Ils firent de même et vinrent à sa rencontre.

Lorsqu'ils furent proches, l'un d'eux plia les genoux et se mit à marcher en canard, les pieds à l'intérieur, un rictus méprisant aux lèvres.

— Salut, beauté.

Elle tenta de le contourner.

Il se releva et l'en empêcha en grimaçant un sourire.

— Holà, tu pourrais au moins dire bonsoir.

Ses dents étaient couleur pierre tombale, son pantalon accusait deux tailles de trop et sa chemise flottait sur un maillot de corps constellé de taches.

Le deuxième assistait à la scène, les bras ballants, un rictus de satisfaction aux lèvres.

Elle prit le ton qui convenait pour réprimander un élève turbulent.

— Je peux passer ?

Il posa ses mains sur les hanches, l'air abruti.

— Qu'est-ce t'as, la bourge, on pue la vache ?

Si ce n'était que l'odeur.

— Qu'est-ce que vous voulez ?

Il se pinça le menton et indiqua son poignet.

— Rien de spécial, on se baguenaude. Dis-moi, c'est un chouette bracelet que t'as là.

Elle jeta un coup d'œil circulaire. La place était déserte.

— Laissez-moi passer !

Le comparse intervint en levant les sourcils.

— Ah bon ? Et sinon ?

C'était une armoire à glace. Il avait des petits yeux rapprochés, des tubercules dans les cheveux et la physionomie expressive d'un chasseur de buffles.

Le premier revint à la charge.

— File-moi ta gourmette et on te fiche la paix.

Son cœur s'accéléra. Même si son bracelet ne valait pas grand-chose, il était hors de question qu'elle capitule face à ces crétins.

Elle jaugea son opposant. Si les choses tournaient mal, sa jupe était assez ample pour qu'elle puisse lui décocher un coup de pied bien placé. Avec l'effet de surprise, elle l'enverrait au tapis. Ce ne serait pas la première fois qu'elle repousserait un assaut de cette manière. Restait à voir comment répliquerait l'autre.

Elle les défia d'un hochement du menton.

— Et si vous alliez plutôt vous rhabiller, les deux rigolos ?

Ils échangèrent un regard stupéfait. De toute évidence, ils ne s'attendaient pas à une telle réaction.

Le meneur fit un pas dans sa direction, l'attitude menaçante.

— Qu'est-ce que t'as dit ?

Elle se préparait à l'affrontement lorsque la silhouette de Daniel apparut dans leur dos. Il avait suivi le manège des deux gaillards et arrivait à grands pas, le visage crispé.

Il se glissa entre eux en les bousculant.

— Je dérange ?

Le faux dur lui fit face et se mit en position de combat, le corps ramassé, les poings en avant.

— C'est qui, lui ?

Elle s'approcha de Daniel et se pressa contre son flanc.

— Mon compagnon.

Il passa un bras protecteur autour de ses épaules et fixa l'apprenti boxeur dans les yeux.

— Fichez-lui la paix, c'est compris ?

Les deux voyous évaluèrent les forces en présence. Le molosse agrippa la chemise de son acolyte.

— Laisse tomber.

Ce dernier lança un regard assassin en direction de Daniel.

— Toi, t'as de la chance qu'on est de bonne humeur.

Ils tournèrent les talons et s'éloignèrent.

— Merci, Daniel.

Il haussa les épaules, l'air blasé.

— Je connais ce genre de types, ils ne sont pas méchants. Juste un peu cons.

Joe

Les Belges se souviennent certainement de la vive émotion qu'a suscitée cette affaire.

Les faits se sont déroulés le 12 avril 2006.

Ce jour-là, en fin d'après-midi, Joe Van Holsbeeck, un étudiant âgé de 17 ans, s'est vu accoster par deux adolescents alors qu'il attendait une de ses amies dans le hall de la gare Centrale de Bruxelles, bondée à cette heure.

L'un des agresseurs a tenté de lui prendre son lecteur MP3. Comme Joe résistait, il a sorti un couteau et l'a poignardé à plusieurs reprises.

L'attaque a duré dix-sept secondes.

Transporté d'urgence à l'hôpital Saint-Pierre, Joe Van Holsbeeck a succombé à ses blessures quelques heures plus tard.

Les auteurs de ce drame avaient respectivement 16 et 18 ans.

Marlène

Hormis une table isolée, le restaurant était comble.

Les nappes à carreaux rouges et blancs donnaient un caractère champêtre à l'endroit. Une valse de Chopin tentait de se frayer un passage entre le brouhaha des conversations et le cliquetis des couverts.

Le patron, un bon vivant au ventre ceint d'un tablier, se promenait dans la salle en plaisantant. À mille lieues de l'affairement et de la brusquerie des garçons de café bruxellois.

Il vint vers eux, le visage épanoui.

— Votre nectar, monsieur-dame, Château de Corneilla 1969.

Après s'être essuyé les mains sur sa panse, il ouvrit la bouteille et flaira le bouchon.

— Qui souhaite goûter ?

Elle accrocha le regard de Daniel.

— Vous prendrez un peu de vin ?

Comme il semblait hésiter, elle insista.

— Laissez-vous faire. Nous avons une victoire à fêter, par manque de combattants, il est vrai.

Il caressa sa moustache du pouce.

— Juste un verre, alors.

Elle se tourna vers le patron et désigna Daniel.

— Monsieur va goûter.

Le serveur lui versa un doigt de vin et guetta son assentiment.

Il saisit le verre par la tige et l'inclina de quelques degrés. Il fit ensuite tournoyer le liquide et le huma avant d'en prendre une gorgée.

Il tamponna sa moustache et s'adressa au sommelier.

— Très bien.

Pour un soi-disant buveur d'eau claire, il semble s'y connaître.

Elle attendit que l'homme s'éloigne et leva son verre.

— À mon bienfaiteur !

Il retourna le geste tout en s'abstenant d'entrechoquer les verres. Il avait changé de chemise, ôté sa cravate et conservé son veston.

—Je n'ai pas fait grand-chose. Vous avez bien géré la situation. Vous n'avez pas paniqué, vous êtes restée calme. C'est exactement ce qu'il faut faire dans ce genre de face-à-face.

— Merci, sans vous, je ne sais pas ce qui se serait passé.

— Oublions ces deux imbéciles.

Elle inspira profondément.

— Comme je vous l'ai dit tout à l'heure, j'aimerais vous confier plusieurs choses.

— Ne vous sentez pas obligée.

Elle s'efforça de garder un ton neutre.

— Rassurez-vous, mon autobiographie sera courte. Je suis née à Bruxelles en 1935. Faites un rapide calcul, j'ai 38 ans. Ma mère travaillait dans une chapellerie au centre-ville. Elle confectionnait et vendait des chapeaux pour dames. Mon père, enfin l'homme qui l'a mise enceinte, a eu l'élégance de reconnaître son enfant, moi. C'est tout ce qu'il a daigné faire, tant pour elle que pour moi. Tout bien considéré, il aurait pu s'abstenir, porter son nom n'est pas vraiment un cadeau. Je l'ai très peu vu pendant mon enfance et chaque fois dans de mauvaises conditions. J'ai perdu ma mère en 1942, quand j'avais 7 ans. C'était pendant la guerre, les Allemands occupaient la Belgique.

Elle fit une pause, but une gorgée.

— L'histoire aurait pu s'arrêter là. Il y a quelques années, un événement est survenu. Parlons d'un rebondissement inattendu qui a remis la version officielle en question. À partir de là, j'ai découvert certaines choses sans jamais trouver de réponse convaincante. Peut-être cette réponse est-elle au bout de ce chemin. Fin des confidences.

Il était penché en avant et l'écoutait avec attention. Il avait perdu sa froideur hautaine et semblait troublé par ce qu'il venait d'apprendre. Elle lisait une forme de compassion, de regret ou de colère dans ses yeux. Ou un mélange des trois.

— Je ne peux pas vous en dire plus. Je tenais à ce que vous sachiez que ce voyage n'est pas une partie de plaisir pour moi.

Il répondit en fixant la table.

— Je comprends.

Elle l'observa avec curiosité.

À quoi pensait-il ?

Le serveur se matérialisa devant eux, rompant leur silence gêné. Daniel se recula, déplia sa serviette et la posa sur ses genoux.

— Voilà nos plats.

Elle fit de même, se laissa servir et attendit son départ.

— On dit *voici* nos plats, Daniel.

— Pardon ?

— On dit *voici* avant, *voilà* après. Voici ce que j'aimerais vous dire, voilà ce que j'avais à vous dire. N'oubliez pas que je suis prof de français.

Sa moustache masquait un début de sourire, à peine trahi par les pattes d'oie qui apparaissaient aux coins de ses yeux.

— Je ne le ferai plus.

La tension était retombée.

— Vous apprenez vite, Daniel. Bon appétit.

Elle entama son repas sans conviction.

Quelle idiote !

Elle avait raconté n'importe quoi. Elle n'aurait pas dû lui parler de la guerre. Ni des Allemands. Ni du nom de son père. Pourquoi lui avait-elle dit qu'elle était née en 1935, qu'elle avait 7 ans en 1942 et 38 ans aujourd'hui ? Il suffit de compter, non ? Et que sa mère vendait des chapeaux au centre-ville ? Quel rapport ? Elle aurait mieux fait de se taire. Son monologue avait ressemblé à du Zola teinté d'Hitchcock.

Elle avait hâte d'enfouir sa confession sous une pelletée de propos plus légers.

— Vous avez des passions, Daniel ?

Il posa ses couverts et s'essuya la bouche.

— Pas vraiment. Mon travail me prend tout mon temps. Le week-end, je m'occupe de ma famille.

— Vous avez quand même bien un passe-temps inoffensif ? Des poissons rouges, un train électrique, une collection de porte-clés ?

Il parut hésiter.

Elle l'encouragea d'un sourire.

— Allez, racontez-moi.

Il se détendit.

— J'apprends à cuisiner.

Elle s'extasia.

— Génial. Vous suivez des cours ?

Il acquiesça.

— Tous les quinze jours, avec un ancien chef français qui s'est installé pas très loin de chez moi.

— Qu'est-ce qui vous a poussé à vous lancer dans cette voie ?

Il se gratta le menton.

— Au départ, c'était une sorte de pari. Je m'étais engagé auprès de Catherine à cuisiner une fois par semaine. J'ai commencé par des choses simples, un morceau de viande, quelques légumes. Après, j'ai eu envie de m'attaquer à des recettes plus complexes.

— Vous avez une spécialité, chef ?

Il s'anima.

— Le poisson. Les petits, les grands, les rares. Le saumon sauvage du Pacifique, la truite arc-en-ciel, la morue charbonnière. J'ai un fournisseur de premier ordre. J'adore cuisiner le poisson. La mer nous offre des trésors inestimables.

Ses mains accompagnaient son discours.

— Vous auriez dû vous engager dans la marine.

— J'y ai pensé, sauf que j'ai le mal de mer.

Elle l'observa du coin de l'œil, ne sachant s'il plaisantait ou s'il était sérieux.

— Et dans vos blindés, vous n'avez pas le mal de mer ? Je présume qu'on est secoué ?

— Je suis chef de char. La plupart du temps, j'ai la tête à l'extérieur. Ce genre de problème arrive plutôt aux membres de l'équipage. J'ai connu un chargeur à l'estomac fragile qui...

Il s'interrompit, esquissa une grimace de dépit.

— Pardonnez-moi.

Son embarras était touchant.

À la table contiguë, un sexagénaire solitaire avait repoussé son assiette et s'était plongé dans une grille de mots croisés.

Alors qu'elle rencontrait son regard, il reposa son crayon et l'interpella d'un ton gouailleur.

— Dites-moi, madame la prof de français. Vieille punition en six lettres. Ça commence par un P et ce n'est pas pilori.

Bravo, Marlène !

En plus d'en avoir trop dit, elle avait parlé trop fort. Ratage sur toute la ligne.

Elle réfléchit quelques instants.

— Pensum ?

Il acquiesça d'un signe du menton.

— Correct, merci.

Daniel

Après l'avoir raccompagnée à son hôtel et s'être assuré qu'elle était montée dans sa chambre, il écrasa sa cigarette et redescendit l'avenue en direction du centre.

Pourquoi lui avait-elle raconté cette histoire sans queue ni tête ?

Un rebondissement imprévu ? La version officielle ? La réponse se trouve peut-être au bout du voyage ?

Le lien hypothétique entre cette excursion et sa perspective de promotion était de plus en plus douteux. On attendait autre chose de lui.

Qu'allait-il rapporter au RSM le lendemain matin ?

S'il mentionnait ce qu'elle lui avait confié, cela suggérerait qu'il l'avait interrogée. Ne rien lui dire le mettrait en porte-à-faux. Mentir serait suicidaire. Dans tous les cas, cela indiquerait qu'il avait désobéi aux ordres.

Il s'enfonça dans une rue adjacente, alluma une cigarette et jura intérieurement.

Les histoires de guerre, les disparitions, les assassinats, les cadavres, le sang, les larmes, il en avait eu sa part. Il ne voulait plus en parler. Ni en entendre parler. Encore moins avec une inconnue. Même s'ils partageaient une expérience commune.

Il mourait d'envie de téléphoner à Catherine, d'entendre sa voix, de prendre des nouvelles des enfants, de retrouver ses marques. Elle aurait trouvé les mots, l'aurait réconforté, aurait chassé ses idées noires, comme elle l'avait fait tant de fois.

Il bifurqua et s'enfonça dans une ruelle.

À une vingtaine de mètres, un rectangle de lumière éclaboussait le trottoir. Il approcha de la devanture. Des rires filtraient à travers les vitres, entrecoupés par un riff de Led Zeppelin.

Il poussa la porte du bistro en se faisant une promesse.

Si je retombe sur ces deux crétins, je leur fracasse le crâne.

Marlène

Elle referma la porte, ôta ses chaussures et les lança d'un pied rageur à travers la pièce.

Elle était furieuse contre elle-même.

Ses confidences n'avaient été qu'une suite de bribes incohérentes débitée de manière confuse.

L'altercation l'avait déstabilisée, elle s'était écartée du scénario prévu et en avait trop dit. Elle aurait dû revenir plus tard sur le sujet au lieu d'improviser. Mieux, se taire, comme ils le lui avaient indiqué.

De quoi avais-je l'air ?

À coup sûr, il l'avait prise pour une parano. Sa réaction mitigée et son empressement à changer de sujet en étaient la preuve.

En revanche, son rôle de chauffeur-garde du corps lui apparaissait à présent pertinent. Que se serait-il passé s'il ne s'était pas interposé ? Le sang-froid avec lequel il avait fait face aux agresseurs était impressionnant.

Elle le revit à table, serein, respectueux, à son écoute.

Au-delà de l'émotion de l'instant, l'incident avait ravivé des souvenirs douloureux.

Elle avait 20 ans. Son chemin de croix touchait à sa fin. La colère couvait toujours en elle, mais elle parvenait à en contenir le feu.

Dans le même temps, elle avait appris à domestiquer son apparence. À sa surprise, son entrée à l'université avait mis en émoi les coureurs de jupons du campus.

Débordant d'humour ou d'imagination, ils guettaient son passage pour se ruer sur elle et la combler d'attentions, chacun y allant de sa stratégie personnelle. Peu à peu, elle avait pris conscience que l'attraction qu'elle exerçait sur eux était un moyen de prendre une revanche sur ses années noires.

Forte de ce pouvoir insoupçonné, elle s'était lancée dans une croisade vengeresse, escomptant que les souffrances qu'elle leur infligerait l'aideraient à panser ses blessures.

Elle choisissait ses proies selon son bon vouloir, le temps de les séduire, de les ensorceler et de les asservir. Ses relations étaient brèves, ses rapports tumultueux et voués à son seul plaisir, les ruptures aussi brutales qu'impitoyables. Contempler leur fierté bafouée lui procurait une sensation grisante, une illusion de toute-puissance, le parfum enivrant de la revanche assouvie.

La séparation consommée, certains s'en allaient sans un mot, d'autres la suppliaient, les plus vaniteux jouaient l'indifférence ou la couvraient d'insultes.

Sauf le beau Franck. Il n'avait suivi aucun de ces schémas.

Fils d'une famille aisée, pédant, sûr de lui, il avait déployé des trésors de créativité pour qu'elle remarque sa présence. Amusée par tant de zèle, elle avait fini par céder à ses avances et passé trois semaines mouvementées en sa compagnie : parades devant sa clique d'amis, restaurants étoilés, hôtels de luxe, week-end à Paris.

Il pensait l'avoir *achetée* et la jugeait dès lors soumise à son emprise.

Ses trois sujets de conversation épuisés – les possessions familiales, le golf et ses performances sexuelles – elle s'était lassée de son égocentrisme et lui avait signifié la fin des réjouissances lors d'un appel téléphonique expéditif.

Piqué dans son orgueil, il avait débarqué chez elle à l'improviste et avait forcé le passage.

Il voulait de plus amples explications, elle avait répondu qu'il n'y en avait pas.

Il s'était emporté, objectant qu'il n'était pas n'importe qui, qu'il n'avait pas l'habitude de se faire larguer comme un malpropre, qu'elle avait profité de lui, *et cætera.*

Elle l'avait écouté en soupirant, l'air las, les bras croisés.

À court d'arguments, il lui avait allongé une gifle et débouclé sa ceinture.

« Tu vas voir comment je mate les petites salopes dans ton genre. »

Une brèche s'était ouverte en elle et un venin foudroyant s'était répandu dans son corps. Gorgée d'adrénaline, elle lui avait envoyé un fulgurant coup de pied dans l'entrejambe.

Plié en deux, le visage empourpré, il s'était écroulé à ses pieds en geignant.

« Ne lève plus jamais la main sur moi. Ni sur moi ni sur une autre femme. »

TROISIÈME JOUR

Marlène

Elle lâcha un soupir admiratif.

— Le paysage est somptueux. J'aurais dû prendre mon appareil photo.

Elle avait appris à faire bonne figure en toute occasion, même si sa nuit avait été peuplée de cauchemars et que la journée risquait d'être éprouvante.

La départementale s'enfonçait dans l'arrière-pays, enchaînant lignes droites et virages serrés. D'un côté, les vignes dorées par l'automne s'étendaient à perte de vue. De l'autre, elles couraient sur quelques centaines de mètres avant d'escalader les collines et de s'essouffler à mi-pente.

— Vous ne trouvez pas ?

En guise de réponse, il marmonna quelques mots inintelligibles et jeta un coup d'œil sur la carte routière. Il l'avait posée en équilibre sur le tableau de bord. À intervalles réguliers, elle menaçait de tomber. D'un geste rageur, il enrayait sa chute et la remettait en place.

Ce manège commençait à l'agacer.

Elle intervint.
— Je peux la tenir, si vous voulez.
— Merci, je peux m'en sortir tout seul.
Elle n'insista pas.
Monsieur est de mauvaise humeur.
Il avait rabaissé le pare-soleil et clignait des paupières. Il avait des sacs à provisions sous les yeux et une voix d'outre-tombe. Il aurait dû suivre son conseil. Les établissements bon marché offrent rarement une literie de qualité. Celui qu'il avait choisi affichait une étoile pâlissante à laquelle il manquait quelques branches.
Au détour d'un virage, les contours blancs et rouges d'un village apparurent.
Elle ouvrit son cahier.

Vendredi 19 octobre 1973

Nous approchons de Tuchan.
Je tremble.
Bientôt, je saurai si cette étape marque la fin de notre voyage ou le début d'un autre, plus hasardeux, plus inquiétant.
Hier soir, j'ai évité de peu une agression. Je me suis fait accoster par des voyous qui voulaient me prendre mon bracelet. Dany est intervenu à point nommé. Avec son double mètre et sa voix grave, il les a intimidés et ils sont partis.
Ils ont sans doute fait le bon choix.
Pendant le dîner, j'ai lâché un peu de lest. Sans entrer

dans les détails, je lui ai dit ce que j'allais faire. Il a paru songeur et ne m'a posé aucune question.
À part toi, je n'ai personne à qui je peux parler. Même larvée, cette confession m'a permis de libérer le trop-plein d'émotions que je garde dans mon cœur.

Peu avant l'entrée du village, il jeta un coup d'œil sur la carte. Il avait surligné l'itinéraire et tracé une croix sur la destination qu'elle lui avait donnée. Il freina brutalement et s'engagea dans un chemin étroit qui montait dans les vignobles.

Après quelques centaines de mètres, ils franchirent un portique séculaire et le domaine apparut.

En d'autres circonstances, l'endroit lui aurait paru plein de charme. C'était une imposante bastide aux pierres de taille et au toit couvert de tuiles provençales. Les fenêtres étaient protégées par des volets bleu ciel. Au sud, le jardin abritait une piscine qui dominait le coteau.

La voiture s'engagea dans le parking.

Deux véhicules tout-terrain et un cabriolet rouge étaient garés côte à côte devant la façade. À l'arrière du bâtiment, un ouvrier en salopette était penché sur le capot d'un tracteur.

Un homme d'une trentaine d'années surgit de la maison et vint à leur rencontre, un large sourire aux lèvres.

Son ventre se noua.

Elle inspira profondément et s'adressa à Daniel.

— Restez à l'intérieur. Ça ne devrait pas durer très longtemps.

Il coupa le moteur et se frotta les yeux.

— Compris.

Elle prit sa serviette, se composa un visage rayonnant et actionna l'ouverture de la portière.

L'homme se précipita et tendit la main pour l'aider à sortir.

— Bonjour, madame Dansart, soyez la bienvenue.

Daniel

Marlène Dansart.

Au moins, il connaissait son nom de famille.

Il la regarda s'éloigner.

Les talons de ses chaussures s'enfonçaient dans le gravier. Elle chancelait malgré les efforts qu'elle déployait pour garder sa prestance.

Les jours se suivent et ne se ressemblent pas.

Dès l'instant où elle était entrée dans la voiture, tout en elle l'avait énervé. Le son de sa voix, son parfum, sa robe immaculée, sa façon de contempler le paysage, sa respiration, ses gestes, les grattements de son stylo sur le papier, son exaspérante manie d'ôter et de remettre ses lunettes à tout bout de champ.

Il dénoua sa cravate, descendit la vitre et alluma une cigarette.

Il avait la bouche sèche et ses tempes battaient.

Soirée de merde !

Le barman ne savait pas ce qu'était un *single malt*. En plus d'être hors de prix, son whisky était frelaté. Il s'en était rendu compte dès la première gorgée.

Il souffla la fumée vers le plafond.

« J'aurais dû prendre mon appareil photo. »

Et le maillot de bain ? Et la crème solaire ?

Il connaissait cet état d'irritation pour l'avoir éprouvé de nombreuses fois.

La promiscuité prolongée est une expérience redoutable, surtout en milieu confiné. Après quelque temps passé sur un bateau, les meilleurs amis du monde deviennent souvent les pires ennemis. Il en est de même avec les camarades de chambrée lors des manœuvres ou des missions.

À force d'être confronté au phénomène, il l'avait baptisé le « syndrome du troisième jour ». En général, c'est ce jour-là que les conflits éclatent.

Un épisode lui revint.

Chaque année, son régiment était chargé de sécuriser l'enceinte d'un site de missiles balistiques implanté dans le Bade-Wurtemberg. La base était administrée par des Américains condescendants et paranoïaques. Avec leurs coupes en brosse, leurs chemises tout droit sorties du pressing et leurs chaussures luisantes comme des diamants, ils semblaient rentrer d'un défilé à Arlington.

La mission durait sept jours, une interminable semaine, à huit par chambre, entassés comme des harengs, dans l'attente d'une hypothétique alerte. Ni bar, ni alcool, ni télé, ni électrophone. Un seul appel téléphonique autorisé tous les deux jours.

Pour tuer le temps, ils jouaient aux cartes, feuilletaient des magazines masculins, grillaient cigarette sur cigarette, écrivaient à leurs femmes, se racontaient des blagues ou somnolaient sur leurs lits.

De temps à autre, de jour comme de nuit, la sirène se mettait à hurler.

Ils avaient deux minutes pour s'équiper, grimper dans un MAN et plonger dans les trous de fusiliers aménagés le long du périmètre.

Ils y passaient vingt à quarante minutes, immobiles, en sueur, le canon du FAL pointé vers la forêt, à attendre l'hypothétique assaut des troupes russes – ou la fin de l'exercice – en admirant les essaims de moustiques qui leur bouffaient les avant-bras.

L'un de ces fameux troisièmes jours, au milieu d'une partie de whist tendue, l'un des joueurs s'était brusquement levé.

Le visage impassible, il s'était planté devant le groupe et avait joint les mains au-dessus de la tête. Il s'était ensuite hissé sur la pointe des pieds et avait exécuté quelques arabesques à la manière d'une danseuse de ballet.

Sa chorégraphie s'était conclue par une gracieuse révérence ponctuée d'un interminable pet aux modulations déchirantes.

Même si l'initiative partait d'une bonne intention, les nerfs étaient à fleur de peau. Au lieu de détendre l'atmosphère, son lac des cygnes avait dégénéré en bagarre générale.

Il s'étira sur le siège et fit craquer sa nuque.

L'appel matinal tant redouté s'était révélé plus court encore que la veille. Égal à lui-même, le RSM avait été expéditif.

« Où êtes-vous ? »

« À Perpignan. »

« Qui a-t-elle rencontré ? »

« Personne. »

« Bien, rappelez-moi demain. »

« Plus rien à votre... ? »

Il avait raccroché.

Il alluma une nouvelle cigarette.

L'homme qui l'avait accueillie sortit de la bâtisse, les mains dans les poches. Il était seul et son sourire s'était évanoui.

Il fit quelques pas en faisant mine de prendre l'air. Après quelques innocents allers-retours devant la façade, il jeta un coup d'œil dans sa direction, saisit un morceau de papier et griffonna quelques notes.

De toute évidence, le numéro d'immatriculation de la Mercedes était au centre de son attention.

Marlène

La pièce était vaste et haute de plafond. Des effluves de cire d'abeille, de vapeurs de vin et de feu de bois s'exhalaient des murs. Un labrador dormait sur le carrelage, la langue hors de la gueule.

Quelques bouteilles et un plateau chargé de verres à pied étaient posés sur la table.

L'homme commença par se présenter – Antoine Je-ne-sais-quoi – et lui dressa avec emphase l'historique du domaine dont elle ne capta que quelques fragments ; exploitation familiale, 60 hectares, une partie sur argilo-calcaire, vins fins et élégants, flore odoriférante, 300 jours d'ensoleillement par an...

Elle interrompit son verbiage.

— Pardonnez-moi, j'ai plusieurs rendez-vous dans la région et j'aimerais parler à M. Varle.

Il ne se laissa pas démonter.

— M. Varle m'a demandé de m'occuper de vous. Je suis son assistant. Je suis chargé des relations commerciales.

Il redémarra son argumentaire sur le même ton

enjoué, vantant les diverses médailles qu'ils avaient obtenues avec la cuvée ceci et la cuvée cela.

Elle l'arrêta d'un geste.

— Je vous remercie pour ces informations. Pourriez-vous dire à M. Varle que j'aimerais lui parler personnellement ?

Il avala ses dernières syllabes et la dévisagea avec étonnement.

— Permettez-moi d'insister, madame Dansart, il se trouve que je travaille avec M. Varle depuis longtemps. Je connais bien le domaine, je suis au courant de la politique de prix de la maison et j'ai toute autorité pour négocier au mieux de vos intérêts.

Elle rejeta l'argument.

— Vous n'y êtes pas. Dites à M. Varle que j'aimerais lui transmettre un message de la part de M. Régis Bertels.

Il prit l'air offusqué.

— Je ne suis pas sûr que M. Varle soit là. Je vais voir si je peux le joindre.

— Ce serait aimable.

— Un instant s'il vous plaît.

Il fit demi-tour et disparut dans la cage d'escalier.

Malgré la chaleur, elle était frigorifiée. Une gouttelette de sueur glaciale descendit le long de sa colonne vertébrale.

Elle serra les mâchoires.

Tu es en position de force, les mots viendront.

L'assistant réapparut en haut des marches, suivi par un homme d'une soixantaine d'années, les yeux bleu acier, la crinière argentée d'un chef d'orchestre.

Le teint blême qu'il affichait conforta sa conviction. Le message avait agi.

Le collaborateur commercial passa à sa hauteur et se dirigea vers la sortie.

Le sexagénaire avança vers elle d'un pas hésitant.

— Je vous écoute.

— Comme vous vous en doutez, je ne suis pas venue vous acheter du vin. Je suis Marlène Matthys, mon nom vous dit quelque chose ?

Son visage frémit.

— Non, pardonnez-moi, je ne vois pas.

Il voit très bien.

La colère monta en elle.

Elle haussa le ton.

— Je vais vous rafraîchir la mémoire, monsieur Bertels. *Le Pays réel,* le beau Léon, « Viens à nous », vous ne voyez toujours pas ?

Ses lèvres bleuirent.

Il secoua la tête.

— Franchement, je ne...

Elle posa une main sur l'attaché-case.

— Et Courcelles, ce nom n'évoque rien pour vous ? J'ai apporté quelques photos. Je vais vous les montrer, je suis sûre que vous allez comprendre de quoi je parle.

Elle ouvrit le porte-documents.

Il recula d'un pas, les yeux rivés sur la mallette comme si elle contenait une bombe.

— Je n'ai rien à voir là-dedans. Je n'étais pas au courant. Je ne l'ai appris qu'après.

Malgré elle, sa voix dérapa.

— Bien sûr, vous n'étiez pas au courant. Vous

n'étiez qu'un gratte-papier, un second couteau, une marionnette. Vous allez me chanter sur tous les tons que vous ne saviez rien de ce qui se passait hors de votre bureau, que vous n'avez fait que suivre les ordres, refrain connu, ils disent tous la même chose.

Il jeta un coup d'œil paniqué autour de lui.

— Que voulez-vous ?

L'envie la tenaillait de lui assener un coup de pied.

Elle cloua son regard dans le sien.

— Je veux savoir où *il* est.

Il secoua la tête avec énergie.

— Je n'en ai aucune idée. Je ne l'ai plus vu depuis des années. Sincèrement, madame Matthys, j'ignore où il est, sinon je vous le dirais.

Elle explosa.

— Vous vous fichez de moi ?

Elle fouilla dans sa serviette, en sortit une photo et la colla sous son nez.

— Le 15 juin 1971, Monaco. Les 65 ans du grand homme. Ce ne serait pas vous, là, le sourire béat, un verre à la main ? Et de dos, à votre gauche, ce ne serait pas lui, celui que vous n'avez plus vu depuis des années ? Le fidèle bras droit, l'ouvrier, l'exécuteur ?

Il fixa la photo comme si elle était contaminée. De blême, il devint diaphane.

Il attrapa une chaise et s'affala.

— Qu'attendez-vous de moi ?

— Que vous me disiez où il se trouve.

— Sinon ?

— Sinon ? Vous serez extradé. Retour à la case départ.

Il eut un sursaut d'orgueil.

— Il y a prescription, madame.

Elle approcha son visage du sien.

— Peut-être. Mais même si vos avocats obtiennent gain de cause, ce qui n'est pas certain, les journaux en parleront, votre photo fera la une. Tout le monde saura qui vous avez été et quel rôle vous avez joué. Votre personnel et vos clients connaîtront votre passé glorieux. Adieu, vin, vaches, cochons, cuvées millésimées.

Ses lèvres n'étaient qu'un pli.

— Si je vous dis où il est ?

Elle masqua sa surprise. Elle ne pensait pas qu'il capitulerait aussi rapidement.

— On vous laissera un sursis.

Son regard se promena dans la pièce, à la recherche d'un point d'appui.

Il lâcha d'une voix blanche.

— Il se trouve en Espagne.

Elle opina, comme s'il énonçait une évidence.

— Je sais. C'est grand l'Espagne. Où exactement en Espagne ?

— À Olias, c'est un petit village près de Malaga. Je n'y suis allé qu'une fois et c'était il y a longtemps. Il habite sur les hauteurs. Il se fait appeler José Peralta.

La lâcheté des hommes la surprendrait toujours.

À aucun moment, elle n'aurait cru que ce serait aussi simple. Jamais non plus elle n'aurait pensé éprouver autant de haine pour quelqu'un qu'elle ne connaissait pas une heure auparavant.

Bertels était anéanti, avachi sur sa chaise, la mine défaite.

— Je regrette tellement. Pour votre mère, on ne m'a rien dit, je n'ai reçu aucune information, je vous assure.

— Et vous n'avez rien demandé.

Il baissa les yeux.

Elle cloua son regard dans le sien.

— Le manteau noir, la tache de vin, c'était qui ?

Une expression de surprise se peignit sur ses traits.

— Je ne sais pas, je vous le jure. Je suis désolé. Si c'était à refaire...

La justification des vaincus.

Elle repensa aux articles de journaux qu'il avait rédigés, aux photos des seigneurs, bouffis d'orgueil, le regard triomphant, convaincus d'avoir choisi le bon camp.

Un accès de fureur l'emporta.

— Vous êtes ignoble.

Il hocha la tête en silence.

Elle pointa un index entre ses yeux.

— À présent, vous avez intérêt à vous taire et à vous faire oublier. Si vous prenez contact avec qui que ce soit, l'accord ne tient plus.

Une lueur d'espoir apparut dans ses prunelles. Le spectre de l'humiliation s'éloignait.

— Je vous donne ma parole.

Elle lui adressa un regard méprisant.

— Pour ce qu'elle vaut.

Elle tourna les talons et se dirigea vers la sortie. Alors qu'elle approchait de la porte, une vague de colère la submergea. Elle revint sur ses pas, l'attitude agressive. Bertels se cala dans sa chaise.

Elle brûlait d'envie de le gifler.

D'un violent revers de la main, elle balaya le contenu de la table.

— Allez au diable !

Dans un fracas assourdissant, les bouteilles explosèrent, le vin se répandit sur le sol et des débris de verres s'éparpillèrent dans toutes les directions. Le chien se réveilla et se mit à aboyer.

L'assistant fit irruption, l'air hagard.

Il tenta de reconstituer la scène et avança vers elle, bras ouverts, dans le but de maîtriser l'hystérique.

Elle le pointa du doigt.

— Vous le bonimenteur de foire, ne vous avisez pas de me toucher.

Bertels souffla dans son dos.

— Laisse-la, Antoine.

Elle sortit de la maison et se précipita vers la voiture.

Un voile rouge lui couvrait la vue. L'adrénaline courait le long de ses membres. Elle ne distinguait plus le sol sous ses pieds.

Sabre surgit de l'habitacle, le visage interrogateur.

Il s'apprêtait à faire le tour du véhicule quand elle l'apostropha d'un ton cassant.

— C'est bon, je suis encore capable d'ouvrir une portière.

Daniel

— Tout s’est bien passé, madame ?
— Fichez-moi la paix.

Hannah

Le procès de Nuremberg qui s'est tenu du 20 novembre 1945 au 1er octobre 1946 avait pour but de juger les vingt et un plus hauts dignitaires du régime nazi encore en vie après les suicides d'Adolf Hitler, de Joseph Goebbels et de Heinrich Himmler.

Aussi étrange que cela puisse vous paraître, les accusés au grand complet plaidèrent non coupables lors des auditions, objectant qu'ils n'avaient fait qu'obéir aux ordres.

À l'issue du procès, douze d'entre eux furent condamnés à mort par pendaison.

Quelques heures avant l'exécution de la sentence, Hermann Goering se donna la mort dans sa cellule à l'aide d'une capsule de cyanure.

Quelques années plus tard, le 11 mai 1960, Adolf Eichmann, l'un des principaux artisans de la Solution finale fut capturé à Buenos Aires par un commando d'agents israéliens.

Lorsqu'il comparut devant un tribunal, à Jérusalem, en 1961, l'argument essentiel de sa défense consista à affirmer qu'il avait fait preuve d'obéissance et avait exécuté les ordres sans se poser de questions.

Quelques semaines après la pendaison d'Eichmann, en mai 1962, Hannah Arendt, une journaliste d'origine juive qui avait couvert son procès pour le quotidien *The New Yorker,* formula son concept de la « banalité du mal », concept qui évoque la possibilité de l'existence de l'inhumain en chacun de nous.

Selon Hannah Arendt, Eichmann n'était pas un monstre, c'était un homme ordinaire dont la conscience s'était éteinte.

D'après elle, le manque de pensée et de réflexion peut conduire toute personne à accomplir des actes abominables.

Aujourd'hui, Hannah Arendt est considérée comme l'une des philosophes les plus marquantes du XXe siècle.

Daniel

Il fixait la route en tapotant sur le volant. L'envie d'écraser l'accélérateur le démangeait.

Il jeta un énième coup d'œil dans le rétroviseur. À l'évidence, elle n'était pas calmée. Ils avaient quitté le domaine depuis un bon moment et elle continuait à remuer sur la banquette, les mâchoires contractées.

D'après les éclats qui lui étaient parvenus, le rendez-vous avait mal tourné.

Qui avait-elle rencontré ? Quel était l'objet de l'altercation ? Pourquoi cet homme avait-il noté le numéro d'immatriculation ?

Il la revit surgir de la maison. Elle avait l'air d'une forcenée en pleine crise de nerfs.

Il n'avait pas apprécié le ton autoritaire qu'elle avait adopté en rentrant dans la voiture. Il n'était pas son larbin. Et elle n'était pas la prof de français posée et bien élevée qu'elle s'efforçait de paraître.

La découvrir sous cette facette inattendue, les traits tirés, les gestes brusques, le langage direct, n'était pas pour lui déplaire. La suite du voyage pourrait se révéler moins monotone.

Comme si elle avait lu dans ses pensées, elle lança à contrecœur.

— Je vous prie de m'excuser, Daniel, j'ai été odieuse.

Il finit par maugréer.

— N'en parlons plus.

L'entrée de l'autoroute approchait.

— Où allons-nous, madame ?

Elle rajusta ses lunettes et se rencogna dans la banquette.

— À Malaga, en Espagne. Ne me demandez pas où c'est, je n'en ai aucune idée.

— D'accord.

Il prit la direction du sud.

Après s'être faufilé dans le trafic, il immobilisa le volant entre ses genoux, ouvrit la boîte à gants et se mit à la recherche de la carte d'Espagne.

Alors qu'il fourrageait dans les documents, la Mercedes s'écarta de sa trajectoire.

Un conducteur les doubla en klaxonnant.

Elle éructa dans sa nuque.

— Faites attention, bon sang ! Vous voulez nous tuer ?

D'un coup brusque, il se rabattit vers la droite.

— J'avais vu, merci.

Emmerdeuse !

Il pesta intérieurement.

Pour peu, il se rangerait sur le bas-côté et l'éjecterait dans le fossé.

Il inspira et expira plusieurs fois et se concentra sur la conduite.

Une heure plus tard, ils atteignirent Le Perthus dans une ambiance électrique et un silence oppressant.

Pour ne rien arranger, une interminable file de voitures et de camions marquait l'arrêt devant le poste-frontière. Les douaniers laissaient passer les véhicules au compte-gouttes après avoir minutieusement épluché les papiers.

Un gendarme coiffé d'un képi ressemblant à une machine à écrire remontait la colonne en jetant des coups d'œil soupçonneux aux conducteurs.

Il en profita pour étudier la carte.

Malaga se trouvait à l'extrême sud, à plus de mille kilomètres. De plus, le réseau routier semblait moyenâgeux. Pas question de faire le trajet d'une seule traite. Il leur faudrait deux jours pour atteindre la destination.

Cette perspective amplifia sa mauvaise humeur.

Elle soupira dans son dos.

— C'est loin ?

Il se retint de se retourner et garda un ton neutre.

— Mille deux cents kilomètres. On en a pour deux jours, sauf si on roule la nuit.

— Dans ce cas, je préfère faire une étape.

— Comme vous voulez.

Devant, rien ne bougeait. Il coupa le moteur.

Une minute s'écoula.

Elle gigota en tous sens et se détacha du siège.

— Je suis vraiment désolée pour tout à l'heure, Daniel. Je suis sortie de mes gonds.

— J'ai vu.

Il la pensait calmée, elle s'enflamma d'un coup.

— Non, vous n'avez rien vu. Vous ne me connaissez pas, vous ne savez pas qui je suis, vous ne savez pas d'où je viens ni ce que j'ai vécu. Après ce qui m'est arrivé, je hurlais toutes les nuits. Mes cris traversaient les murs. Pour me dompter, on m'a envoyée dans un pensionnat pour jeunes filles, à Bastogne, au fin fond des Ardennes. Je suis sûre que les nonnes se souviennent encore de moi. Elles m'appelaient la Sauvageonne. Je suis restée là-bas jusqu'à mes 17 ans et croyez bien que mon entrée dans l'adolescence n'a rien arrangé. Je suis une femme en colère, Daniel, je bouillonne de colère, et je cherche à me réconcilier avec...

Elle s'interrompit, s'enfonça dans la banquette et croisa les bras.

— Je me demande pourquoi je vous raconte cette histoire, vous ne pouvez pas comprendre.

Marlène

Les souvenirs affluaient. Comme surgies d'un appareil photo instantané, des images reprenaient vie. Les contours se précisaient, les couleurs se ravivaient.

La façade de l'institut Notre-Dame retrouvait sa teinte brique, le lierre grimpant rougissait sous l'automne, les murs du corridor recouvraient leur vert criard. Des effluves de craie, de rognures de crayon, de poussière et de lait bouilli envahissaient l'habitacle. Le goût de ses larmes lui emplissait à nouveau la bouche.

À cette époque, seule une trentaine de gamines partageaient son sort. Les autres rentraient chez elles une fois la classe terminée.

Elle était l'une des plus jeunes. Certaines étaient orphelines de père, de mère, ou des deux. Leurs parents, ou ceux qui les remplaçaient, les avaient placées en internat pour les protéger, les discipliner ou leur permettre de mieux servir le Seigneur.

Tels étaient leurs alibis.

La plupart passaient le week-end dans leur foyer.

Elles n'étaient que quelques-unes à rester à l'institut. Toujours les mêmes.

Le vendredi soir, le nez collé à la vitre, elles regardaient les chanceuses s'en aller, la valise à la main, le sourire victorieux. Elles attendaient que la dernière voiture ait franchi la grille et leur calvaire commençait.

Pour elle, le moment de laisser libre cours à sa colère était arrivé. Elle saccageait le dortoir, déchirait les draps, renversait les armoires, souillait ses vêtements, hurlait à fendre le sol. Ni les appels à la raison, ni les coups de règle sur les mains, ni l'usage du martinet ne parvenaient à apaiser sa fureur.

Elle se barbouillait de peinture, refusait d'assister à la messe, insultait les nonnes, lançait ses couverts à travers le réfectoire, écharpait ses cahiers, se griffait les poignets, s'arrachait les cheveux.

Un jour, *il* était venu.

N'en pouvant plus, les sœurs l'avaient convoqué.

C'était un samedi. Il pleuvait à verse. La mère supérieure l'avait isolée dans un bureau surchauffé et lui avait annoncé que son père allait arriver. Elle avait ensuite quitté la pièce et fermé à double tour.

Elle se revit sur la chaise, immobile, les doigts maculés d'encre, les genoux chancelants. Du haut de sa croix, Jésus la dévisageait d'un air morne. Le tic-tac de l'horloge rythmait le compte à rebours.

Des éclats de voix avaient résonné dans le couloir, la clé avait cliqueté dans la serrure et il était entré en coup de vent.

Elle l'avait à peine reconnu. Son manteau était

trempé, un rictus lui tordait les traits, une veine palpitait sur son front.

Il l'avait fait descendre de la chaise, s'était accroupi et l'avait secouée par les bras en lui soufflant son haleine dans le visage.

« Maintenant, tu vas te tenir à carreau et me foutre la paix, c'est compris ? »

D'un geste rageur, il lui avait flanqué une gifle.

Alors que sa joue se mettait à brûler, il s'était redressé et était ressorti en claquant la porte.

C'était la dernière fois qu'elle l'avait vu. En moins d'une minute, il l'avait amputée de dix ans de sa vie.

Le message avait néanmoins porté.

De ce jour, elle s'était *tenue à carreau,* se murant dans un silence obstiné, ne laissant filtrer aucune émotion, ne répondant aux questions que par oui, non ou un vague hochement de tête.

La rage au ventre, elle s'était concentrée sur ses études. En dehors des cours, elle s'isolait et ne partageait ses tourments qu'avec ses seuls amis : les livres.

Quelques semaines plus tard, les Américains avaient libéré la région. Le répit n'avait été que de courte durée. Dès la mi-décembre, le grondement des canons avait repris. Les troupes allemandes venaient récupérer leur dû.

Un matin, un obus était tombé sur la boulangerie des sœurs. Les religieuses et les élèves avaient dû organiser leur survie dans les caves de l'institut.

Le lendemain, une pluie de feu avait détruit la chapelle. Des dizaines de civils les avaient rejoints dans le sous-sol. Une salle d'opération avait été improvisée pour tenter de sauver les blessés.

Ce jour-là, elle avait fait connaissance avec l'odeur du sang et de la mort.

Elle revint dans le présent et jeta un coup d'œil à l'extérieur.

Planté au milieu des vignes, un gigantesque panneau publicitaire vantait les bienfaits des Ducados, la cigarette locale.

Elle s'empara du cahier.

Ses mains tremblaient.

J'ai obtenu de Bertels ce que je voulais. Il était docile comme un petit garçon pris en faute, prêt à vendre son âme pour conserver ses privilèges.

Il m'a appris où il était.

Ils savaient qu'il se cachait en Espagne, à présent, je connais l'endroit. Il habite dans un village près de Malaga.

Ils auraient pu se charger eux-mêmes de cette partie. Il leur suffisait de débarquer chez Bertels pour lui « tirer les vers du nez » comme ils disent.

C'est ce que je leur avais suggéré, ils m'ont répondu que j'avais plus de chances qu'eux d'obtenir l'information.

Ils ont argué qu'il n'y avait pas suffisamment de chefs d'accusation contre lui et qu'il y avait prescription pour les actes qu'on lui reprochait. Il aurait appelé son avocat et l'affaire en serait restée là. En revanche, ils étaient convaincus qu'il subirait un choc en me voyant et se mettrait spontanément « à table ».

Je pense que la perspective de tout perdre a été plus forte que ma présence. La menace du châtiment

est souvent plus effrayante que le châtiment lui-même.
La rancœur qui sommeillait au fond de moi s'est réveillée. Je m'en veux de m'être emportée, même si ce déchaînement de violence m'a réchauffé le cœur. L'espace d'un instant, j'ai retrouvé la fille révoltée et impitoyable que tu n'as pas connue.
Dans ma fureur, j'ai manqué de respect à Dany. Je vais tenter de rétablir le climat de confiance. Ce ne sera pas facile, la colère gronde encore en moi.
Le voyage se poursuit. Je ne sais si c'est l'amour que je te voue ou la haine que j'éprouve pour lui qui m'aide à avancer.
Les deux sans doute.
L'amour chasse la peur, la haine insuffle le courage.
Je t'aime.

Elle rangea son cahier.

Daniel fixait la route, statufié sur son siège, raide comme une momie.

Figueras 5 km.

La radio crachota quelques mots d'espagnol. Il maltraita le bouton et accrocha une station française.

« Combats acharnés sur le Golan et les deux rives du canal de Suez. Le général Moshe Dayan a traversé le canal. M. Kossyguine est rentré à Moscou. Dénouement sanglant de l'affaire de Beyrouth. Plusieurs terroristes tués. »

Daniel

Figueras.

Girone.

La mer apparut au loin, entre les tours, les régiments de grues et les rangées de palmiers. Il était près de 15 heures. La température grimpait et le système de ventilation ne parvenait pas à rafraîchir l'habitacle.

Il descendit la vitre.

À l'entrée de Barcelone, la circulation se densifia. Une procession ininterrompue de camions nauséabonds ralentit leur avancée. De temps à autre, l'un d'eux déboîtait sans crier gare, l'obligeant à freiner en urgence. Bloqué derrière le poids lourd, il devait attendre la fin du dépassement en ingérant une fumée pestilentielle.

Il referma la vitre en maugréant.

Des automobilistes impatients slalomaient entre les véhicules en lançant des appels de phares.

La chaleur s'éleva davantage.

Peu avant Tarragone, il s'engagea dans une

station-service. Plusieurs voitures poireautaient devant les pompes à essence.

Ses aisselles étaient trempées.

Il contourna la file, se gara devant la boutique et l'épia du coin de l'œil.

Elle fixait un point devant elle, perdue dans ses pensées.

— Je vais acheter des sandwichs, je ferai le plein après. Je vous prends quelque chose ?

Elle parut se réveiller.

— Ce serait aimable. Pas de jambon ni de fromage, s'il vous plaît. Pas de mayonnaise ni de cornichons non plus. Et un Vichy Catalan.

— D'accord.

Il sortit de la voiture et maugréa.

Pas de jambon, de fromage, de mayonnaise, ni de cornichons. Et du Vichy Catalan.

Et quoi encore ? Des épinards en branche ? Du yaourt maigre ?

Elle mangera ce qu'il y a.

Une foule bigarrée se bousculait devant le comptoir ; des camionneurs, des hommes d'affaires, quelques touristes. Il attendit son tour en auscultant les prix affichés au mur. Il fit une rapide conversion de pesetas en francs belges puis de francs belges en dollars.

Deux routiers en salopette, la cigarette au bec, en profitèrent pour le doubler.

Il tapota sur l'épaule du plus costaud, lui lança un regard menaçant et lui indiqua la fin de la queue. L'homme le toisa quelques instants avant de bafouiller une vague excuse dans une langue inconnue et de lui céder le passage.

Le préposé, un gringalet qui transpirait abondamment, l'interrogea du menton.

Il pointa les plateaux de sandwichs en faisant jouer ses doigts.

— *Dos* comme ça, un comme ça et un comme ça.

Pour elle, il choisit un poulet au curry et un chorizo piquant.

— *¿Es todo?*

Il dressa le V de la victoire.

— *Dos* Vichy Catalan.

Le maigrichon obtempéra.

Il régla la note et revint vers la Mercedes. Elle avait entrouvert la portière et s'aérait les jambes en lisant, les lunettes relevées sur le front.

Il lui tendit les sachets et la bouteille.

— Bon appétit.

— Merci.

Il s'éloigna de quelques pas et guetta sa réaction.

Elle déballa le premier sandwich, en examina le contenu et le posa sur le côté. Elle ouvrit le deuxième, écarta les tranches de pain et referma vivement le sachet. Elle revint vers le premier sandwich et l'entama du bout des dents.

Il esquissa un sourire et croqua le sien, debout devant la vitrine. Le pain était rassis, le beurre rance et le jambon parfumé à l'essence. Il avala son Vichy et alluma une cigarette.

Elle sortit de la voiture et agita les doigts.

— Je vais me laver les mains.

Il remonta dans la Mercedes et se rangea dans

la file d'attente. Si les toilettes étaient aussi appétissantes que les sandwichs, elle serait rapidement de retour.

De fait, elle réapparut après quelques instants, ouvrit la portière et s'installa.

Il fit le plein et reprit la route.

Tarragone.

Le temps paraissait à l'arrêt.

Amposta.

Chaque kilomètre représentait un chemin de croix.

Torreblanca.

Le jour déclinait.

— Je peux vous demander quelque chose ?

Il sortit de sa somnolence.

— Je vous écoute.

— Vous faites semblant ou vous ne savez vraiment pas pourquoi vous êtes là ?

Ses doigts pianotèrent sur le volant.

— Je ne comprends pas votre question.

— Je m'explique. On vous a donné cette grosse voiture, on vous a prié d'aller me chercher à Bruxelles et de me conduire où je voulais ?

— Affirmatif.

— On ne vous a rien dit d'autre ?

— Non.

— Et vous n'avez posé aucune question ?

— Non.

Il n'en avait posé aucune, sans cesser de se les poser à lui-même.

Elle s'anima.

— C'est curieux.

— Pourquoi ?

— Vous êtes stationné en Allemagne, on vous envoie en Belgique pour traverser la moitié de l'Europe avec une inconnue et vous ne posez aucune question ?

Voilà autre chose.

Son pied gauche battait la mesure de son énervement.

— Où voulez-vous en venir ?

Elle s'enfiévra.

— Je trouve votre désinvolture aberrante.

— Aberrante ?

Il la vit gesticuler sur la banquette. Le volcan se réveillait.

— Oui, aberrante. Vous n'êtes pas un gamin, vous jouissez de toutes vos facultés mentales, vous êtes bien éduqué, vous avez des valeurs, des principes, vous croyez peut-être en un dieu quelconque et pourtant vous obéissez aux ordres qu'on vous donne sans poser la moindre question.

Il réprima un geste de contrariété.

— C'est la règle à l'armée et croyez-moi, c'est mieux. Si tout le monde commençait à discuter ou à s'interroger sur la finalité de chaque ordre, on ne gagnerait jamais une guerre.

Elle railla.

— Gagner une guerre ? C'est votre raison d'être ? Le but de votre existence ? Exterminer les milliers de Russes qui envahiront bientôt l'Europe ? Tuer l'ennemi. Quelle ambition !

Il était à deux doigts d'exploser. Il parvint néanmoins à se maîtriser.

— Restons-en là.

Elle s'enflamma de plus belle.

— Vous avez raison, restons-en là. On fait ce qu'on nous a dit de faire, point. Les supérieurs savent ce qu'ils font, ils ont des étoiles sur leurs vestes, ils ont toujours raison. Au moins, on ne doit pas réfléchir ni se demander si ce qu'on attend de nous est bien ou mal.

Elle semblait prête à le mordre.

Il tourna la tête et vociféra.

— O.K., vous avez dit ce que vous aviez à dire, maintenant bouclez-la et foutez-moi la paix !

Joachim

L'Histoire fourmille d'épisodes oubliés. Certains retracent des actes de bravoure ou des exploits héroïques, d'autres sont à ce point effroyables qu'ils vous paraissent relever de l'affabulation.

Tels les faits qui se sont déroulés le 17 décembre 1944, au sud de la Belgique.

Au plus fort de la bataille des Ardennes, une unité de combat allemande commandée par le colonel SS Joachim Peiper approchait du village de Baugnez lorsqu'elle se trouva nez à nez avec un convoi américain composé d'une trentaine de véhicules.

L'avant-garde allemande ouvrit aussitôt le feu, neutralisant la tête de la colonne américaine et la forçant à s'arrêter. Moins bien équipés que les Allemands et privés d'armes lourdes, les soldats du bataillon américain cessèrent l'engagement et décidèrent de se rendre.

Une centaine de prisonniers de guerre américains, mains en l'air, furent conduits dans un champ qui bordait la route. Perché sur la tourelle d'un char, un des SS abattit froidement un premier combattant, marquant le début du carnage.

Reprise dans les pages d'histoire comme le massacre de Baugnez ou le massacre de Malmedy, la tuerie fit 84 victimes.

Selon l'autopsie réalisée par les Américains le 14 janvier 1945, une vingtaine de soldats avaient été exécutés ou achevés à bout portant.

Lors du procès qui se tint à Dachau en juillet 1946, Joachim Peiper écopa de la peine de mort. Sa peine fut par la suite commuée en un emprisonnement de trente-cinq ans. Il fut libéré dix ans plus tard, en 1956.

Le 14 juillet 1976, son corps calciné fut retrouvé dans une maison de Traves, en France, dans le département de la Haute-Saône.

Nul ne sait ce qui lui est arrivé.

Daniel

Il s'en voulait de s'être emporté. Cela ne lui ressemblait pas. Il aurait dû rester maître de lui et répondre avec tact, d'autant que sa faculté à garder son sang-froid était l'un de ses atouts.

En son for intérieur, il reconnaissait que cette histoire de « guerre à gagner » avait été maladroite. Il aurait dû prendre un autre exemple. Ou fermer sa gueule, comme convenu.

À présent, elle allait remonter l'information.

« Il m'a dit de la boucler et de lui foutre la paix. »

Si l'affaire se maintenait au niveau du RSM, il pourrait encore trouver un arrangement. Les sous-officiers avaient pour principe de laver leur linge sale en famille. Une engueulade, deux trois invectives et on passait à autre chose.

Dans ce cas-ci, les officiers étaient concernés, ce qui changeait la donne. Sous leur vernis de respectabilité, nombre d'entre eux considéraient les sous-officiers comme des officiers ratés, des rustres incultes et grossiers.

En aparté, les seconds estimaient que les officiers

étaient des théoriciens de salon loin de la réalité du terrain, incapables de commander sans arrogance, se couvrant l'un l'autre en cas d'erreur. Une frontière séparait les deux corps et la coexistence se révélait quelquefois tendue.

Il en avait fait les frais quelques années auparavant, au début de sa carrière.

En plus du 1L, la caserne de Düren abritait d'autres unités, dont le 3e régiment de lanciers, le 1er régiment de guides ou les planqués du 13e Wing Missiles, des ronds-de-cuir qui effectuaient un tir les années bissextiles et flemmardaient le reste du temps.

À tour de rôle, les sous-officiers étaient chargés d'assurer une permanence de vingt-quatre heures au poste de contrôle situé à l'entrée de la garnison, seule voie d'accès vers l'ensemble des bâtiments.

L'incident s'était produit en février, alors qu'il était de garde pendant la nuit du Rosenmontag.

Quatre miliciens éméchés étaient revenus du carnaval de Cologne, accompagnés d'une jeune Allemande d'une vingtaine d'années. Pendant que trois d'entre eux distrayaient les plantons, le quatrième s'était faufilé dans la caserne avec la fille.

Plus tard, lors de leur interrogatoire, ils avaient soutenu qu'elle était consentante.

Pour les suivre, peut-être, pour ce qu'ils allaient lui faire subir, certainement pas.

Fiers de leur prise, ils l'avaient emmenée dans leur dortoir et avaient réveillé la chambrée. Un cinquième compère s'était joint à eux. Les sept autres avaient assisté à l'agression sans broncher.

À tour de rôle, en s'y mettant parfois à deux, ils l'avaient violée sans relâche. Leurs ressources physiques épuisées, ils avaient continué à abuser d'elle en se servant d'objets qui leur tombaient sous la main.

Les cris de la fille avaient déchiré la nuit. Il s'était précipité dans le bâtiment, guidé par les hurlements de la victime. La scène qu'il avait découverte resterait à jamais gravée dans sa mémoire.

La jeune femme gisait dans le lit. Les draps étaient maculés de sang. Un des fêtards était agenouillé sur le sol et vomissait à grands flots. Un deuxième était assis par terre, la tête entre les mains. Un grand couillon se tenait debout au milieu du dortoir, l'air hagard, le manche d'une pelle à bout de bras. Les autres semblaient tétanisés par le spectacle, recroquevillés sur leur couchage, le visage décomposé.

Il n'imaginait pas assister à un tel carnage.

Manquant d'expérience, il avait perdu son sang-froid et cédé à la violence. Après avoir neutralisé les agresseurs à grands coups de matraque, il avait téléphoné à l'officier de garde pour lui rapporter les faits et s'enquérir de la marche à suivre.

Pour toute réponse, le sous-lieutenant en fonction lui avait prescrit d'une voix endormie de « régler le problème sans faire de vagues ».

Quelles étaient ses options ?

Demander aux MP d'intervenir signifiait faire des vagues, appeler les services de secours équivalait à faire des vagues, prévenir la police allemande revenait également à faire des vagues.

Il avait alerté les trois.

Les sirènes avaient retenti et deux jeeps de la police militaire étaient arrivées. Une ambulance avait suivi dans la foulée. Quelques minutes plus tard, il autorisait deux voitures de la police allemande à pénétrer dans le site.

Le lendemain, Düren ne parlait que de l'*incident*.

Les journaux locaux avaient annoncé que la victime avait été opérée d'urgence, que son état était stable et que les responsables étaient au cachot.

Assez curieusement, son chef d'escadron lui avait interdit de rendre visite à la jeune Allemande à l'hôpital, ce qui l'avait profondément heurté.

« Ce n'est pas le moment d'aller parader en ville. »

Si, dans leur ensemble, les Allemands s'étaient habitués à la présence des forces belges autour d'eux, le drame avait servi d'exutoire aux plus récalcitrants et une manifestation avait été organisée devant la caserne.

Interpellé de toutes parts, il s'était gardé de revenir sur les recommandations de l'officier de garde.

Quelques jours plus tard, il avait été convoqué au QG de la 17e brigade blindée.

En plus du chef de brigade, le chef de corps, le commandant de son escadron, le RSM et l'officier de garde en fonction ce soir-là étaient de la partie.

Après lui avoir demandé de retracer les événements de manière factuelle et chronologique, ils l'avaient interrogé avec insistance, le forçant à entrer dans les détails les plus sordides.

Enfin, la question subsidiaire était venue.

— Pourquoi n'avez-vous pas prévenu l'officier de garde ?

Mal à l'aise, planqué au fond du local, le sous-lieutenant épiait sa réaction, le teint blême, le regard implorant. L'espace d'un instant, il avait cru que l'intéressé aurait le courage de s'expliquer, mais il avait baissé les yeux et n'avait pas ouvert la bouche.

Il avait joué le jeu.

—J'ai commis une erreur, mon colonel, j'aurais dû l'alerter. J'en assume l'entière responsabilité.

Il s'en était sorti avec trois jours d'arrêt en chambre.

Valence.

Il tombait de sommeil.

— Je vous propose de faire escale ici et de chercher un hôtel.

Elle acquiesça d'un ton sec.

— Très bien.

À première vue, elle n'était pas calmée.

— Pardonnez mon moment d'humeur de tout à l'heure, madame. Je vous ai manqué de respect. Je suis désolé.

— N'en parlons plus.

Ça reste à voir.

Il avait attendu trois semaines avant de lancer une expédition punitive contre le sous-lieutenant incriminé. Pour ce faire, il avait recruté deux de ses camarades. Le choix avait été délicat, tous s'étaient portés volontaires.

Le trio avait revêtu la tenue de combat et s'était équipé d'une douzaine de Thunderflash, les bâtons explosifs utilisés pendant les exercices, substituts de grenades. Il suffisait d'en frictionner l'extrémité contre une boîte d'allumettes et de les lancer vers la cible. La déflagration se produisait après cinq secondes.

Les officiers célibataires qui logeaient à la caserne bénéficiaient de chambres individuelles, ce qui servait leur dessein.

À la nuit tombée, ils avaient crocheté la serrure et s'étaient introduits dans le bâtiment. Ils avaient grimpé l'escalier dans l'obscurité et s'étaient postés devant les appartements privés de monsieur Pas-de-vagues.

Au signal, ils avaient ouvert et allumé.

Le visage à découvert, ils avaient attendu que le couard retrouve ses esprits et identifie ses assaillants.

Le sourire aux lèvres, ils avaient chacun actionné deux Thunderflash et les avaient lâchés dans la pièce. Ils avaient ensuite refermé la porte avec douceur et s'étaient dérobés à pas de loup.

Les détonations s'étaient entendues jusqu'aux confins de la caserne.

En plus du vacarme assourdissant, une épaisse fumée et l'odeur pénétrante de la cordite avaient envahi la chambre. Des milliers de fragments de papier, de carton et de cendre s'étaient répandus dans les airs avant de retomber en pluie fine et de s'immiscer dans les moindres recoins.

À son tour, le gamin avait respecté le protocole.

Interrogé par son commandant, il avait déclaré qu'il n'avait pas pu reconnaître les fauteurs de trouble et ne comprenait pas ce qui s'était passé.

L'affaire en était restée là.

John

John W. Fague aurait pu faire partie des acteurs de la bataille des Ardennes dont vous n'avez jamais entendu le nom.

Dans son livre, *One Small Corner,* traduit en français sous le titre *Un endroit parmi d'autres,* il revient sur l'expérience qu'il a vécue au sein du 21e bataillon d'infanterie blindée.

Il y raconte entre autres les faits dont il fut témoin alors qu'il avait 19 ans, durant le réveillon de Nouvel An à Chenogne, un hameau situé à dix kilomètres de Bastogne.

Ce 1er janvier 1945, les troupes américaines avaient pris d'assaut le village et encerclé une soixantaine de soldats allemands. Une partie d'entre eux s'étaient réfugiés dans la cave d'une ferme.

Voici un extrait de son texte :

« Un drapeau de la Croix-Rouge allemande est apparu à la porte du sous-sol. Le premier à sortir de la fumée était un médecin allemand. Il s'est avancé

en chancelant et une vingtaine de coups de feu ont retenti. Il est tombé dans la neige, a rampé quelques pieds, puis s'est écroulé et est resté là, immobile.

Des cris et des hurlements se sont échappés de la cave. Les occupants étaient coincés. Soit ils restaient à l'intérieur et allaient être étouffés par la fumée, soit ils se montraient et allaient être abattus par nos armes.

Un autre Allemand est sorti et s'est avancé à tâtons, il a fait quelques pas avant de s'effondrer sous une pluie de balles.

Plusieurs autres Allemands ont subi le même sort. Après s'être ruées hors de la maison, ils se sont écroulés dans la neige.

Bientôt, un anneau de cadavres s'est formé autour de la ferme. Il pouvait y avoir encore 25 ou 30 Allemands dans la cave.

Les mitrailleuses étaient en position de tir. Ces hommes allaient être assassinés.

J'ai pris conscience que nous étions en train de commettre les mêmes crimes dont nous accusions les Japonais et les Allemands.

Plus tard, en descendant la route vers la ville, j'ai regardé les champs là où les gars allemands avaient été tués. Des formes sombres et sans vie gisaient dans la neige. »

Aussi incroyable que cela puisse vous paraître, il n'y eut ni poursuites ni punitions contre les responsables.

Marlène

Le nez collé à la pancarte, il continuait à étudier les tarifs de l'hôtel comme s'il s'agissait des Tables de la Loi.

La réceptionniste perdait patience.

Elle aussi.

Elle agrippa sa clé et interrompit sa méditation.

— Je vous laisse réfléchir. Dans tous les cas, retrouvons-nous ici demain matin, à 9 heures.

Il acquiesça.

— C'est noté.

Elle tourna les talons et se dirigea vers les ascenseurs.

Pour rien au monde, elle ne souhaitait partager un dîner en sa compagnie. Elle avait suffisamment enduré son mutisme buté et ses coups d'œil exaspérés dans le rétroviseur durant la journée. Sans compter la manière dont il l'avait rabrouée.

Il sera sans doute calmé demain.

Elle prit possession de sa chambre, ôta ses chaussures et jeta sa valise sur le lit.

Cette journée l'avait éreintée. La route avait été

interminable. Hormis les ponts et les panneaux publicitaires, tout semblait immobile sous la chaleur. Chaque minute avait duré une heure, chaque heure une semaine.

De plus, elle se sentait vidée, salie, souillée par sa rencontre de la matinée. Et ce n'était qu'une entrée en matière. Dans quel état serait-elle après l'avoir vu ?

Pour autant qu'elle le voie.

Elle se fit couler un bain et commanda un repas au service d'étage.

Elle fit un rapide bilan des opérations. Rien ne se passait comme prévu. Elle leur avait déclaré qu'elle obtiendrait des informations fiables d'Olga Schneider et elle n'avait grappillé que des bribes incohérentes à propos d'un manteau noir et d'une tache de vin.

De leur côté, ils avaient prédit que Bertels « ne cracherait pas facilement le morceau » et il s'était « mis à table » en moins de cinq minutes.

Quant à la finalité supposée de l'expédition, ils s'étaient montrés dubitatifs. Dans ce cas, pourquoi lui avoir donné le feu vert ? Pourquoi avoir mobilisé un sous-officier pour une durée indéterminée ? Et surtout, pourquoi lui avoir demandé de n'en parler à personne ?

Quand bien même, à qui aurait-elle pu se confier, sinon à Jacques ?

Elle plongea dans le bain, ferma les yeux et se projeta devant un téléviseur défectueux. Bercée par le chuintement des haut-parleurs et le fourmillement des parasites, ses muscles se relâchèrent.

Elle rajouta de l'eau chaude et s'assoupit peu à peu. Des coups frappés à la porte la sortirent de sa léthargie.

Elle mit ses mains en porte-voix.

— *¿ Sí?*

Un murmure étouffé traversa la cloison.

— Room service.

Bonne nouvelle, elle était morte de faim. Les sandwichs du midi étaient infects et trop épicés. Elle soupçonnait Sabre de les avoir choisis à cet effet. Elle n'en avait pris que quelques bouchées qu'elle s'était empressée d'évacuer dans les sanitaires.

Elle sortit du bain, enfila un peignoir et alla ouvrir.

Un tueur en série déguisé en serveur lui tendit un plateau garni : saumon fumé, médaillon de veau aux cèpes, coupe de fruits frais, un quart de rosé, une grande bouteille de Vichy et une rose blanche dans une flûte à champagne.

Le paradis.

Elle déchargea le garçon.

— *Muchas gracias.*

— *Es un placer.*

L'homme restait planté dans l'attente d'un pourboire providentiel. Elle lui souhaita *una buena noche* et referma la porte du bout du pied.

Elle s'installa devant la fenêtre et entama les festivités en admirant la vue.

Une fontaine monumentale ornée de statuettes était érigée au centre de la place. Une dizaine de jeunes assis sur le rebord s'aspergeaient l'un l'autre. Leurs cris joyeux parvenaient jusqu'à elle. Plus loin, des amoureux se promenaient bras dessus bras dessous. Quelques vieillards philosophaient sur les bancs publics.

Le rosé était fruité, le saumon fondait sous la langue, le veau était divin.

Soudain, tout lui parut simple.

Elle termina son repas, vida le reste du vin et résolut de prendre l'air avant d'aller dormir. Elle sortit de l'hôtel, flâna sur la place et explora les ruelles animées.

De la musique et des rires fusaient de toutes parts. La nuit était légère, les étoiles scintillaient. La magie du Sud opérait.

Et si je laissais tomber ?

Je retourne à Bruxelles, je retrouve mes élèves, mes collègues, mes amies, je me plonge dans mes livres et j'enterre le passé.

Elle chassa cette pensée, reprit le chemin de l'hôtel et pénétra dans le hall.

Un bar était disposé à la droite de la réception. Un couple habillé tout de blanc discutait avec le barman. À l'autre bout, Sabre était perché sur l'un des tabourets. Il lui tournait le dos et semblait converser avec les rangées de bouteilles alignées sur les étagères.

Elle approcha et se glissa à son côté.

— Je peux me joindre à vous ?

Il pivota sur son siège et la considéra avec curiosité.

— Vous ne dormez pas ?

— Si.

Il haussa les sourcils.

— Vous buvez quelque chose ?
— La même chose que vous.
Il fit tinter le glaçon dans son verre.
— C'est du whisky, je vous préviens.
— Ça ne me fait pas peur.
— Dans ce cas, j'en prendrai un dernier avec vous.
À en croire la fraîcheur de son regard, il en avait déjà quelques-uns au compteur.
Il héla le barman et traduisit sa commande en langue des signes.
Elle prit place sur le tabouret contigu.
— Pas terrible notre journée.
Il opina.
— J'ai connu mieux.
Elle lui tendit la main.
— On fait la paix ?
Il la prit dans la sienne.
— D'accord.
Le serveur posa les boissons devant eux et retourna bavarder avec le couple.
Elle brandit son verre.
— À notre réconciliation.
Elle avala une gorgée et se mit à tousser.
Il grimaça un sourire.
— Je vous avais prévenue.
Elle souffla le magma par la bouche.
— …
— Respirez par le nez.
— …
— Ça va mieux ?
— Oui.

— Je vous prends un Vichy ?

Elle agita la tête et leva son verre.

— Guérir le mal par le mal.

La deuxième salve lui parut moins douloureuse. L'alcool lui montait au cerveau.

Elle posa les coudes sur le bar.

— Je voulais vous dire.

Il s'envoya une rasade, stoïque.

— Oui ?

— Merci pour les sandwichs.

Il prit l'air innocent d'un voleur de poulets.

— Ils ne vous ont pas plu ? Vous m'en voyez navré, les miens étaient parfaits.

La pièce commençait à tanguer. D'anciennes sensations lui revinrent. Elle avait eu sa période alcoolisée et avait oublié ce que c'était.

Elle contempla le fond de son verre.

— C'est fort, ce truc. Comment faites-vous pour ne pas vous écrouler ?

— Tenir l'alcool fait partie de l'entraînement, madame, au même titre que le poker menteur ou le whist. Vous jouez au whist ?

— Jamais. En revanche, je suis vice-championne d'Europe de crapette rapide.

Le barman essuyait le zinc en plaisantant avec les touristes. Un téléviseur muet diffusait des images de jeeps calcinées et de canons en action.

Elle jeta un coup d'œil à l'écran.

— Pourquoi avez-vous choisi la cavalerie blindée ?

Il vida son verre et lui jeta un regard médusé.

— Vous avez déjà vu un char de près ?

— Il en passe rarement dans ma rue.

— Vous devriez monter dans un Leopard, vous comprendriez. C'est une limousine de 40 tonnes équipée d'un moteur V10 Mercedes qui développe 830 chevaux. Un régal.

Elle frappa de la main sur le comptoir.

— Vous m'avez convaincue, j'en prends trois.

Il était parti sur sa lancée.

— Boîte automatique ZF, quatre rapports avant et deux marches arrière.

Il lui adressa un clin d'œil.

— Sauf pour l'armée italienne. Pour eux, ils ont mis deux rapports avant et quatre marches arrière.

Elle grimaça un sourire.

— Vous êtes le Carnaval de Rio à vous tout seul.

Il ne tint pas compte de sa remarque et poursuivit son soliloque.

— Quand on lance une attaque en peloton, à trois de front, la terre tremble. Pendant les manœuvres de l'OTAN, les types de l'infanterie adverse sortent de leurs trous de fusiliers et grimpent aux arbres après qu'ils aient couru en zigzag devant nous comme des lapins.

— Après qu'ils *ont* couru.

Il haussa les sourcils, l'air interrogatif.

— Pardon ?

— *Après que* requiert le mode indicatif, laissez tomber.

Elle prit conscience qu'elle était à moitié ivre. Qu'importe. Elle avait envie de s'amuser.

Elle jeta un coup d'œil sur le badge du barman.

— Demandez plutôt à Chucho de nous remettre la même chose.

Il s'exécuta en agitant les deux mains.

Le barman décrypta le message et leur servit deux nouveaux whiskies assortis d'une coupelle de cacahouètes salées.

Elle le remercia avec un sourire de connivence.

— *Gracias,* Chucho.

Daniel plongea ses doigts dans les arachides. Elle le bouscula d'un coup de coude alors qu'il les enfouissait dans sa bouche.

— C'est mignon, Chucho, on dirait un héros de bandes dessinées. Vous aviez un petit nom, quand vous étiez gamin ?

Il balaya de la main les fragments de cacahouètes qui parsemaient son pantalon.

— Un petit nom ?

Elle fit glisser ses lunettes sur le bout de son nez.

— Vous savez, Chouchou, Lapinou, Boudibulle, ce genre.

Il secoua la tête.

— Non.

Les coins de sa bouche trahissaient son amusement.

Elle plissa les yeux.

— Allez. Je ne le dirai à personne.

Une lueur de malice s'alluma dans ses prunelles.

Il but une gorgée de whisky.

— Quand j'avais 3 ou 4 ans, ma mère m'appelait Pioupiou.

Elle s'esclaffa.

— Pioupiou ?

Elle se raccrocha au bar, prise d'un fou rire.

— Je ne vous crois pas.

— Pourquoi vous mentirais-je ?

Elle se redressa, hilare.

— C'était prémonitoire. Vous savez que c'est de cette façon qu'on appelait les jeunes soldats dans le temps ? Pioupiou. De mon côté, ma mère m'appelait Lily. Comme toutes les Marlène du monde, je suppose. Et votre femme, elle vous appelle comment ?

Son sourire disparut d'un coup.

Comme s'il s'était laissé aller à une confidence imprudente, il reprit son sérieux.

— Je pense qu'il est temps d'aller dormir.

D'un geste prompt, il posa son verre sur le comptoir. Sa chevalière claqua sur le zinc.

— Vous ne l'enlevez jamais ?

Il lui adressa un regard soupçonneux.

— De quoi parlez-vous ?

— Votre chevalière.

Il se dégagea du tabouret, tituba et sortit quelques billets de sa poche.

— Je l'enlèverai le jour de ma mort.

Marlène

Il était près de minuit quand elle rejoignit sa chambre, la démarche incertaine. Elle avait trop bu. La tête lui tournait.

Elle s'agrippa au chambranle et se débarrassa de ses chaussures. Emportée par le vertige, elle perdit l'équilibre et s'affala sur le lit. Elle écarta les bras, laissa son corps s'enfoncer dans le matelas.

L'armoire oscillait. La lampe dessinait des arabesques au plafond.

Par certains aspects, Daniel lui rappelait Jacques. Ce regard détaché, ce ton mesuré, cette manière tacite de lui signifier qu'il ne marchait pas dans son jeu, qu'il était insensible à son charme.

Jacques.

Le premier à l'avoir guérie de la haine des hommes. Le dernier aussi. La rémission n'avait été que de courte durée.

Elle tendit les bras et chuchota dans la pénombre.

— Viens.

Elle souleva sa jupe.

Quand le désir la tenaillait, elle laissait libre

cours à son imagination. Selon son inspiration, il lui faisait l'amour avec tendresse, impétuosité ou sensualité.

Elle ferma les yeux.

Jacques.

Ta bouche, ton odeur.

Ses mains parcoururent sa nuque, ses seins, son ventre. Elle fit glisser sa culotte le long de ses jambes et s'en débarrassa d'un mouvement du pied. Ses doigts s'insinuèrent dans sa toison et s'imprégnèrent de sa moiteur.

Elle plia les genoux et souleva le bassin.

— Prends-moi.

Le souffle haletant, elle s'abandonna à la caresse.

QUATRIÈME JOUR

Daniel

— Je n'ai vu que l'homme qui est venu l'accueillir. À part lui, je ne sais pas qui elle a rencontré dans cette maison, pour autant qu'elle ait rencontré quelqu'un d'autre. Quelques minutes après qu'elle soit, pardon, qu'elle est entrée, j'ai entendu un cri et des bruits de vaisselle cassée. Ensuite, elle est sortie en coup de vent. Je l'ai trouvée fort nerveuse.

— Après ?

— Elle m'a demandé de prendre la direction de Malaga, en Espagne.

Un temps.

— Malaga ?

— Affirmatif.

— Elle ne vous a rien dit de plus ?

— Non.

— Où êtes-vous maintenant ?

— À Valence, à peu près à mi-chemin. Nous avons passé la nuit ici, nous repartons ce matin.

— O.K. Rappelez-moi entre 12 heures et 12 h 30.

— C'est noté. Plus rien...

Déclic.

Il attendit quelques instants, le combiné muet dans la main. Il avait envie de téléphoner à Catherine, de la rassurer, de lui dire qu'il rentrerait bientôt. Sa voix lui manquait, ses bras lui manquaient, son odeur lui manquait. Il aimait lui faire l'amour le matin, prendre une douche avec elle, s'enrouler dans la même serviette, déguster une tasse de café fort.

Il balaya cette pensée et sortit de la cabine.

Et merde ! Les ordres sont les ordres.

L'échange qu'ils avaient eu la veille à ce propos lui revint.

Pourquoi s'était-elle enflammée à ce point ? Toute société ne fonctionne que si les gens savent ce qu'ils doivent faire. Pour cela, il faut des dirigeants. Il en fut ainsi de tout temps. Pour sa part, il n'avait jamais transgressé ou discuté un ordre et n'avait jamais eu à le regretter. Il en donnait aussi, sans doute plus qu'il n'en recevait, et il ne supportait pas qu'on les conteste.

Il alluma la première cigarette de la journée et fut pris d'un accès de toux.

Il se souvint d'une anecdote que son chef instructeur à Bourg-Léopold lui avait racontée à propos du bien-fondé de l'obéissance aux ordres.

L'histoire s'était déroulée à la fin du XIXe siècle, peu de temps avant la guerre entre l'Espagne et les États-Unis.

William McKinley, le président américain, souhaitait faire parvenir un message au général Calixto García, le chef des insurgés, qui se trouvait dans un lieu indéterminé, quelque part dans l'immensité montagneuse de Cuba.

Comme il était impossible de le joindre par poste ou télégramme, un proche du président lui avait proposé de faire appel à un certain Andrew Rowan, un simple soldat américain, lui assurant que le gars était débrouillard et localiserait García, où qu'il soit.

Le président avait convoqué le quidam et lui avait remis le message avec pour instruction de le transmettre au général García.

Le dénommé Rowan avait acquiescé, rangé la missive dans son sac et salué le président avant de ressortir de la pièce sans un mot.

Il ne lui avait pas demandé qui était García, où il se cachait, pourquoi il devait lui donner cette lettre, quel était son contenu, pourquoi on faisait appel à lui, quand il devait partir, avec qui, comment il devait s'y prendre ou toute autre question à la noix. De même, il n'avait pas dit qu'il trouvait sa *désinvolture aberrante.*

Il était monté dans une barque et avait passé quatre jours en mer avant d'accoster à Cuba. Il s'était ensuite enfoncé dans la jungle hostile et avait traversé l'île à pied.

Trois semaines plus tard, il était ressorti de l'autre côté de l'île après avoir remis la lettre au général García.

Il écrasa sa cigarette.

En route, Rowan.

Marlène

Elle avait la nausée, un peloton de chars Leopard tournoyait dans sa tête et des crampes lui tordaient le ventre.

Plus jamais de whisky.

Elle régla la note de l'hôtel, posa ses bagages à proximité de la réception et sortit pour respirer l'air frais.

L'éclat du soleil l'aveugla. Ses oreilles bourdonnaient.

Elle descendit les marches une à une en éprouvant la sensation qu'une éponge lui remplissait la bouche.

Le ronron de la circulation lui parut étouffé. Les piétons n'étaient que des silhouettes informes qui s'entrecroisaient sur le trottoir.

La berline était garée devant l'hôtel. Un chat famélique était allongé sur le capot. Il dormait profondément, la tête entre les pattes.

La seule perspective de monter dans la voiture accentua son malaise.

Au premier virage, je vomis.

— Prenez ceci.

Elle se retourna.

Sabre, dans sa tenue irréprochable, les traits chiffonnés, un verre d'eau à la main.

Elle saisit le gobelet.

Des comprimés effervescents se débattaient à la surface.

— Merci, je pense que j'en ai besoin.

— Je sais ce que c'est.

Elle avala le liquide et eut un haut-le-corps.

— Quelle horreur ! Je ne sais pas ce qui est pire, entre cette mixture et le whisky.

— Le pire est de ne pas se souvenir de ce qu'on a fait ou de ce qu'on a raconté.

Elle ôta ses lunettes, l'air embarrassé.

— J'ai dit quelque chose que je n'aurais pas dû dire ?

Il se lissa la moustache.

— Rassurez-vous, vous avez été d'une correction exemplaire. Voulez-vous qu'on attende un peu avant de prendre la route ?

— Non, on peut y aller, si le chat est d'accord.

— Il partira dès que je démarrerai.

Elle tiqua.

— Pas sûr, 100 pesetas sur le matou.

— Tenu.

— Mes bagages sont à la réception.

— Je m'en occupe.

Il retourna à l'hôtel pour prendre ses valises, les rangea dans le coffre et lui ouvrit la portière.

— Faites-moi signe si vous ne vous sentez pas bien.

Elle s'installa sur la banquette et descendit la vitre.

— Ça devrait aller, pour autant que vous évitiez les virages serrés, le roulis et les coups de frein brusques.

Il se mit au volant et lança le moteur.

Le chat se réveilla, leva la tête et resta allongé. Il entrebâilla la fenêtre et tapa du poing contre le capot pour le faire déguerpir.

Le minet fit un bond et fila se cacher dans le jardin.

— Vous me devez 100 pesetas.

Il s'engagea sur l'avenue.

Elle ferma les yeux. Le vertige la reprit. Elle les rouvrit et tenta de se concentrer sur la suite des événements.

S'il se trouvait réellement dans ce village, quelle stratégie allait-elle utiliser pour l'approcher ? Elle ne se voyait pas sonner à sa porte et lui dire : « Bonjour, c'est moi, ta fille, j'aimerais te parler. »

Était-il au courant de ce qui s'était passé et de ce qu'elle avait découvert ?

Pendant des années, elle s'était contentée de la version qu'on lui avait lancée au visage comme on rabroue une gamine capricieuse.

Quelques mois après la fin de la guerre, un homme était venu à l'internat. C'était la première personne à lui rendre visite depuis le face-à-face houleux avec son père, deux ans auparavant.

L'individu était de petite taille, grassouillet, enserré dans un costume défraîchi. Son visage trahissait la lassitude, ses bajoues la mollesse. En évitant de croiser son regard, il lui avait demandé de s'asseoir et s'était raclé la gorge avant de se débarrasser de la corvée qui l'amenait.

« Ta mère a disparu à Bruxelles, le 3 août 1942. On ne sait pas ce qui lui est arrivé. Il est probable qu'elle ait été déportée en Allemagne dans le cadre du travail obligatoire et qu'elle soit morte là-bas. Sois courageuse. »

Après avoir détruit ses dernières parcelles d'espoir, l'assassin était reparti aussi vite qu'il était venu.

Elle avait tenté de se lever. La terre s'était ouverte sous ses pieds. Elle s'était réveillée à l'infirmerie, dans un monde plus froid et cruel que celui qu'elle avait quitté une heure auparavant.

En 1952, elle avait été transférée à Bruxelles où les services sociaux l'avaient placée dans un orphelinat catholique pour jeunes filles.

Les gamines qui se destinaient à devenir cuisinières, femmes de chambre ou filles de quartier y étaient préparées. Celles qui démontraient une prédisposition pour l'enseignement pouvaient, avec l'autorisation du conseil, continuer à approfondir leurs études théoriques afin d'être à même de se présenter aux examens.

En dépit de son comportement agressif et asocial, elle avait été classée dans cette dernière catégorie au vu de ses bons résultats scolaires et de ses connaissances en littérature. À quelques exceptions près, elle avait dévoré tous les livres disponibles à la bibliothèque de l'institut.

À ses 19 ans, elle avait été admise dans une famille d'accueil, à Ixelles.

Le couple qui l'avait hébergée s'était d'emblée attaché à elle, mais elle s'était gardée de leur ouvrir son cœur, se refusant à leur rendre leurs marques d'affection.

Elle avait néanmoins conservé un tendre souvenir du grand Henri et de la frêle Gisèle, assis côte à côte dans le divan, les yeux chargés de compassion, attentifs à ses moindres besoins, respectant silencieusement ses moments de mélancolie.

Elle était restée un an auprès d'eux. Une année charnière faite de liberté et d'air pur, sans obligations religieuses, sans contraintes d'espace ou de temps et sans restrictions arbitraires.

Débarrassée du carcan qui l'étouffait et animée d'une irrépressible soif de vivre, elle avait cessé de ressasser le passé pour se tourner vers sa nouvelle vie. Elle avait rajeuni sa garde-robe, changé de coiffure et appris à se maquiller pour affronter les miroirs extérieurs.

Même s'il arrivait que la colère gronde en elle comme un orage menaçant, elle parvenait à refréner sa révolte, masquant son amertume sous un humour débridé et des apparences légères.

En 1955, elle avait bénéficié d'un logement social subventionné par la commune ; une petite chambre, un coin cuisine, une minuscule salle de bains, une fenêtre avec vue sur les Marolles. Le paradis terrestre.

Elle avait appris à se faire à manger, à gérer son maigre budget, à effectuer de menues réparations dans son gîte et à se conduire comme les filles de son âge.

Pour acquérir une véritable autonomie et financer ses études supérieures, elle avait multiplié les emplois temporaires. Elle avait été successivement serveuse dans un restaurant, caissière au sein d'un grand magasin et préparatrice chez un coiffeur pour dames.

Ses premiers salaires perçus, elle s'était mise à rêver de succès et de reconnaissance.

Elle se voyait évoluer dans un monde imaginaire où les gens la respecteraient, un monde où elle ne serait plus une charge sociale, un colis encombrant, la victime sacrifiée d'un conflit oublié.

En 1960, sa licence en philosophie et lettres accompagnée de son agrégation de l'enseignement secondaire supérieur acquises avec grande distinction, elle avait posé sa candidature au poste de professeur de français à l'athénée Robert-Catteau.

Malgré son parcours universitaire exemplaire, elle était consciente que ses chances étaient minces ; elle n'avait que 25 ans et le corps professoral était majoritairement masculin. Qui plus est, elle n'était pas franc-maçonne, ce qui selon bon nombre constituait un prérequis, la plupart des préfets et bourgmestres bruxellois étant liés au Grand-Orient.

Elle s'était néanmoins présentée à l'échevinat de l'enseignement sans a *priori,* espérant que son enthousiasme, sa détermination et son statut précaire compenseraient ces « obstacles ».

Deux jours plus tard, le préfet de l'athénée l'avait contactée par téléphone.

« Vous nous avez convaincus, Marlène. Vous portez en vous l'optimisme inébranlable des gens que la vie n'a pas épargnés. Je me réjouis de vous accueillir à l'athénée. Vous serez un excellent professeur. »

Elle n'avait su que répondre, l'émotion noyait son discours.

Après son enfance douloureuse et son adolescence tourmentée, elle voyait cette accession comme une victoire personnelle et une éclatante revanche sur le sort.

Dans l'après-midi, elle s'était rendue chez Henri et Gisèle. Ils lui avaient ouvert la porte, l'air hébété, collés l'un à l'autre comme à leur habitude. Les premiers signes de vieillesse marquaient leurs traits.

Sans un mot, elle les avait pris dans ses bras et les avait serrés contre son cœur.

La semaine suivante, alors qu'elle fêtait son succès avec quelques camarades de promotion, une de ses amies lui avait adressé un compliment qui l'avait bouleversée.

« Où qu'elle soit, ta mère doit être fière de toi. »

En plus de la satisfaction que sa mère aurait pu ressentir à la vue de sa fille rayonnante de bonheur, l'utilisation du présent avait semé la graine du doute. L'hypothèse jusque-là chimérique s'était mise à germer.

Si tu étais vivante ?

Sa première démarche fut d'écrire aux Archives des victimes de la guerre en mentionnant le nom et la date de naissance de sa mère. Six semaines plus tard, une réponse lui était parvenue, l'informant que personne de ce nom ne figurait sur les listes.

Au lieu de la décourager, cette nouvelle avait affermi sa conviction. Comme des centaines de milliers de personnes, sa mère avait été emportée dans les tourbillons de la guerre. À présent, elle se trouvait peut-être au bout du monde, peut-être déracinée, peut-être amoindrie, peut-être amnésique, mais vivante.

Elle en était persuadée.

Ce fut le début d'un épuisant marathon administratif qui ne connaîtrait son dénouement que dix ans plus tard, le 5 mai 1969.

Elle refoula les larmes que ce souvenir appelait.

— Vous survivez ?

La voix lui parut assourdie. Il épiait sa réaction dans le rétroviseur.

Elle acquiesça d'un hochement de tête.

— Je porte en moi un optimisme inébranlable.

Il lui adressa un regard dubitatif et s'abstint de tout commentaire.

Daniel

Lorca 2 km.

Il guetta l'heure sur sa montre.

Midi approchait.

Il prit la bretelle de sortie et suivit la direction du *centro urbano.*

La route fit place à une large avenue bordée de palmiers et de panneaux publicitaires. Des maisons sans étage jouxtaient des immeubles modernes. La plupart des volets étaient baissés, même si la température n'était pas excessive. Au loin, sur les hauteurs, un château fort en ruines était perché sur un éperon rocheux.

— Nous entrons à Lorca. Vous avez faim ?

Elle sortit de sa torpeur et jeta un coup d'œil à l'extérieur. Peu de voitures, quelques piétons, pas de commerces en vue.

— C'est une zone sinistrée ?

— On trouvera sûrement un restaurant ouvert au centre-ville.

Il consulta sa montre.

12 h 05.

En priorité, repérer une cabine téléphonique.

L'avenue se rétrécit. Les immeubles gagnèrent en hauteur, plongeant la rue dans l'ombre. Il fut soulagé de voir quelques automobiles en mouvement et des feux tricolores. Il dépassa le carrefour et poursuivit sur le boulevard.

Elle tapa du doigt sur la vitre.

— À droite, là, un marché.

Il freina et fit marche arrière.

Une placette s'ouvrait au fond de la ruelle. Des auvents colorés s'étendaient des deux côtés d'une esplanade entourée de cocotiers.

— Cible repérée. 130 mètres.

Il descendit la fenêtre. Des odeurs appétissantes envahirent l'habitacle. Il se gara le long du trottoir et fit le tour du véhicule.

Elle sortit, saisit sa serviette et hésita quelques instants. Elle glissa son portefeuille dans son sac à main et lui remit le porte-documents.

— Vous pouvez l'enfermer dans le coffre ?

— Bien sûr.

Il s'exécuta et enfouit les clés dans sa poche.

12h15.

Ils remontèrent la ruelle et débouchèrent sur la place. La population de la ville au grand complet semblait s'y être donné rendez-vous. Une joyeuse effervescence régnait. Des effluves de légumes, de fleurs, de fruits se mêlaient à ceux plus épicés de fromages et de charcuteries.

Des échoppes proposaient des plats alléchants. Des tables et des chaises étaient disposées dans les travées.

Avachi sur une bâche militaire, un rescapé de Woodstock flanqué d'un chien muselé massacrait *Imagine* en s'accompagnant à la guitare.

Il aperçut deux cabines téléphoniques au centre du marché. L'une d'elles était occupée. Par chance, l'autre était libre.

12h22.

— Je dois passer un coup de fil. Installez-vous à une table, je vous rejoins.

Elle l'examina d'un air sceptique.

Il devina le cheminement de sa pensée et anticipa sa demande.

— Voici les clés, si vous avez besoin de prendre quelque chose dans la voiture.

— Merci, Daniel.

Il se rua dans la cabine et composa le numéro.

— Premier Sabre, à votre service, adjudant-chef.

— Écoutez attentivement ce que j'ai à vous dire, premier.

La voix du RSM résonnait comme un écho.

— Comptez sur moi.

— Sauf imprévu, vous serez à Malaga ce soir. Exact ?

— Affirmatif.

— Appelez-moi à 21 heures pour me donner le nom de l'hôtel dans lequel vous serez descendus. Évitez que votre passagère rencontre qui que ce soit encore aujourd'hui. Formellement. Ralentissez l'allure, improvisez une panne, faites ce que vous voulez. Trouvez un prétexte si elle insiste. Je répète, il ne faut pas qu'elle voie qui que ce soit ce soir. Je vous transmettrai d'autres instructions dans la soirée.

— Reçu cinq sur cinq.

— Votre passagère vous a-t-elle communiqué de quelconques informations sur les raisons de ce voyage ?

— Négatif.

— Vous a-t-elle fourni des indications sur son identité ou des éléments de son passé ?

— Négatif.

— De votre côté ?

— J'ai suivi vos ordres. Interventions minimales. Je n'ai posé aucune question. J'ai répondu aux siennes de manière vague.

— *Roger.* Continuez dans cette voie, premier. Vous avez pris contact avec d'autres personnes ?

— Négatif.

— Bien. Nous comptons sur vous. Préparez-vous à agir. Votre mission pourrait prendre une tournure inattendue.

John

Nous connaissons tous la fabuleuse histoire des Beatles, leurs débuts laborieux, leur ascension vertigineuse, leur succès planétaire, leur douloureuse séparation et la fin tragique de John Lennon.

En revanche, on ignore bien souvent qu'avant de façonner leur image de gentils garçons, les quatre musiciens faisaient partie des Teddy Boys, un mouvement qui regroupait de jeunes Anglais reconnaissables entre autres à leurs vêtements inspirés par les dandys de l'époque édouardienne ; pantalons fuselés, vestes longues, gilets.

Les Teddy Boys étaient considérés comme agressifs, violents et dangereux.

Armés de couteaux et de coups-de-poing américains, ils formaient des gangs qui s'affrontaient dans les rues ou s'attaquaient aux immigrants.

En bons Teds, les Beatles ne dérogeaient pas à la règle. Ils cherchaient sans arrêt la bagarre, s'empoignaient pour un oui ou pour un non et étaient interdits d'entrée dans la plupart des pubs de Liverpool.

Sous ses dehors de poète du prolétariat, John Lennon se révélait le plus querelleur du quatuor.

Dix ans plus tard, en 1971, lorsqu'il composa *Imagine,* alors que la guerre du Vietnam battait son plein, il ne pensait pas que sa chanson serait reprise par la jeunesse du monde entier.

Imagine reste aujourd'hui un des plus grands hymnes à la paix.

John Lennon a été assassiné le 8 décembre 1980, devant le Dakota, l'immeuble dans lequel il résidait, à New York. Le 14 décembre 1980, les Américains lui rendirent hommage à Central Park. Ce ne fut pas une, mais dix minutes de silence qu'ils respectèrent en sa mémoire.

Le 14 juin 2017, lors d'une cérémonie organisée à New York, *Imagine* fut sacrée « chanson du siècle » par la NMPA, la National Music Publishers Association.

Daniel

Une tournure inattendue ?

Ces mots détonnaient dans la bouche du RSM. En temps normal, il aurait plutôt déclaré que sa mission risquait de puer la merde ou de partir en couilles.

Son ton était également différent, cordial, presque avenant. Plus étrange encore, il y avait cette résonance caractéristique dans le combiné. Le téléphone était branché sur haut-parleur et quelqu'un se trouvait dans la pièce.

Quelqu'un qui suivait la conversation et lui dictait les instructions.

Il sortit de la cabine et remonta la travée en slalomant entre les badauds. Il s'arrêta et scruta les tables. Elle n'était assise nulle part.

Il jeta un coup d'œil circulaire en tentant de repérer sa silhouette dans la foule. Sans succès.

Ses pensées se bousculèrent. Il détailla chaque devanture, guettant sa présence.

Rien.

La voiture.

Il s'élança au pas de course dans la ruelle. Était-elle allée récupérer sa sacro-sainte serviette ? Allait-elle profiter de ce moment pour fouiller la Mercedes ?

Il dressa mentalement l'inventaire du contenu de la boîte à gants, du vide-poche, de sa valise, du coffre.

Le GP !

En aucun cas il ne fallait qu'elle le trouve. Ni elle ni personne. Ce pistolet était la propriété de l'armée belge. Il aurait du mal à expliquer ce qu'il faisait là.

Il rejoignit la Mercedes. Personne à proximité de la voiture. Il fit le tour, testa la fermeture de chaque portière et du coffre.

Rien d'anormal.

Ses muscles se contractèrent. Il revint sur ses pas, parcourut les allées une par une, le cœur battant. Les flâneurs le dévisageaient avec curiosité.

Elle avait disparu.

Il jura entre ses dents. Il avait failli à sa mission. Comment allait-il justifier un tel manquement ?

— Je suis là.

Il se tourna en tous sens pour la localiser. Des rangées de chiffons multicolores, des chemises, des casquettes, des tee-shirts bariolés.

— Ici.

Une cabine d'essayage improvisée, quatre pans de toile.

Sa tête dépassait de l'échancrure.

Il se détendit, reprit le contrôle de sa respiration et répondit d'un ton neutre.

— Je vous cherchais.

— Vous êtes prêt ?

Elle écarta les tentures d'un geste théâtral et s'avança dans la travée, la démarche triomphante. Elle était vêtue d'une robe rouge écarlate qui moulait son corps de manière suggestive. Le bas était garni de volants plissés blanc et noir. Un généreux décolleté soulignait le galbe de ses seins.

Elle effectua une virevolte.

— Comment vous trouvez ?

Il prit l'air nonchalant.

— Voyant.

— Je ne compte pas la mettre pour donner cours. Vous saviez que le flamenco exprime les sentiments profonds de l'être humain : amour, joie, tristesse, souffrance ?

Elle se dirigea vers une rangée de fripes suspendues et s'empara d'une veste noire aux revers garnis de liserés dorés.

— Essayez celle-ci.

— Jamais de la vie.

— Faites-moi plaisir.

— C'est ridicule.

— Ce que vous pouvez être coincé ! Lâchez-vous un peu, Daniel.

Il attrapa le chiffon à contrecœur et l'enfila à la hâte. La veste lui arrivait au-dessus du nombril, les manches étaient trop courtes et la carrure étriquée.

Elle s'extasia.

— Vous êtes superbe. Vous me faites penser à Omar Sharif dans *Lawrence d'Arabie.*

Elle s'adressa à la marchande que la scène amusait.

— N'est-ce pas?

La femme opina.

— Vous voyez. Elle vous va comme un gant, je vous assure. En plus, c'est presque du coton. Je vous l'offre.

— Il n'en est pas question.

Elle fit descendre ses lunettes sur le bout de son nez et le fixa avec insistance.

— Je vous rappelle que j'ai perdu mon pari, je vous dois de l'argent.

Comment expliquer cela à sa femme?

Je reviens d'un voyage en Espagne avec une inconnue. Elle m'a offert cette tenue de torero parce qu'un chat dormait sur la voiture quand on est sortis de l'hôtel.

D'un autre côté, ce n'était pas le moment de la contrarier, d'autant que la mission était susceptible de prendre un tour intéressant.

— Soit.

John

Avec le Walther PPK de James Bond et le Colt Detective Special de Mannix ou Cannon, le Browning GP est le pistolet que vous rencontrerez le plus souvent dans les bandes dessinées ou les films tournés après la Seconde Guerre mondiale.

Dans *L'Île noire,* Hergé va jusqu'à faire dire à Tintin : « *Un Browning bien chargé est le commencement de la sagesse.* »

C'est aussi l'arme que porte Harrison Ford dans *Indiana Jones et les aventuriers de l'Arche perdue.*

Le GP a été conçu en 1925 par John Moses Browning et produit en Belgique par la Fabrique nationale Herstal à partir de 1935. Par la suite, le pistolet a connu un grand succès et a été adopté par les armées et les forces de l'ordre de plus de 70 pays.

Pendant l'Occupation, au risque de leur vie, les ouvriers de la Fabrique nationale ont volontairement bâclé leur travail dans le but de fournir des GP de mauvaise qualité aux Allemands.

Le 2 novembre 1979, à Paris, Jacques Mesrine, alors ennemi public numéro 1, portait un Browning GP à la ceinture au moment où il a été criblé de balles par la police. Selon les versions, on a retrouvé entre 18 et 21 impacts dans son corps.

Le 13 mai 1981, sur la place Saint-Pierre de Rome, Mehmet Ali Agca a brandi un Browning GP avant de tirer deux coups de feu sur le pape Jean-Paul II, le blessant grièvement.

Deux ans plus tard, le pape a rencontré Ali Agca en prison pour lui accorder son pardon. Le 27 décembre 2014, quatre ans après avoir été libéré, Ali Agca s'est rendu à Rome pour déposer deux bouquets de roses blanches sur la tombe de Jean-Paul II.

Marlène

Elle s'était contentée d'une salade mixte qu'elle avait grignotée du bout des lèvres pour ménager son estomac.

De son côté, il avait englouti deux parts de paëlla et une pâtisserie à 12000 calories. Il avait pris l'initiative de passer la commande en baragouinant un mélange de français, d'anglais et d'italien. Peine perdue, le serveur s'était évertué à lui répondre en allemand.

Un dialogue de sourds.

Le repas était terminé depuis un bon moment. Il ne semblait pourtant pas pressé de repartir. Il manifestait des signes de nervosité, buvait son café à petites gorgées, s'essuyait la moustache, allumait des cigarettes avec le mégot de la précédente.

Des gamins coururent dans l'allée en frôlant les tables.

Il pesta.

— Ils ne sont pas à l'école, ces mouflets ?

— Rarement le samedi, Daniel.

— Parlez pour la Belgique, en Allemagne, les

gosses continuent à aller à l'école le samedi. Mes enfants n'y vont pas encore.

Elle en profita pour le sonder.

— Vous avez des nouvelles de votre famille ?

La question parut le désarçonner.

— Non.

— J'avais cru.

Il suivit le fil de sa pensée et tenta de se rattraper.

— C'était un appel professionnel.

Bien sûr.

Comme celui du matin. Sa justification maladroite tendait à le prouver.

De la fenêtre de sa chambre, elle l'avait vu faire les cent pas autour de la cabine téléphonique avant de s'y engouffrer à 7 h 30 précises. Après avoir composé le numéro, il s'était figé au garde-à-vous, avait articulé quelques mots, le menton relevé, le coude à angle droit.

À coup sûr, le premier Sabre venait au rapport.

Quels ordres avait-il reçus ?

« Notez ses faits et gestes. Ne lui posez aucune question. Dites-nous où elle va. Parlez le moins possible. »

Pourquoi tous ces mystères ? Pourquoi ne lui avaient-ils pas tout bonnement dévoilé l'objectif du voyage ? Elle s'était souvent interrogée sur leur sincérité et leurs réelles intentions.

« Localisez-le et assurez-vous que c'est lui, nous nous chargeons du reste. »

Il posa sa tasse sur la table.

Sa chevalière claqua sur le métal, comme à chaque fois.

Il ne semblait pas se rendre compte que ce bruit était horripilant.

— Qu'est-ce qui est gravé sur votre joyau ? Les armoiries de votre dynastie ?

Il considéra l'anneau avec gravité.

— Les initiales de mon père. Cette bague lui appartenait.

— Appartenait ? Il est décédé ?

— Il est mort pendant la guerre, j'avais 3 ans.

Elle accusa le coup.

— Je suis désolée, Daniel.

Il eut un geste las.

— Vous ne pouviez pas savoir.

Son indifférence était feinte.

Elle ressentit de l'empathie à son égard.

— Pardonnez ma remarque.

Au même titre qu'elle, il appartenait à la fratrie des enfants marqués par la guerre. Comme elle, il portait une blessure inguérissable. Elle comprenait mieux son embarras quand elle avait évoqué la disparition de sa mère.

— Pourquoi ces luttes incessantes, Daniel ? Pourquoi les hommes ne peuvent-ils pas vivre en paix ? Rien qu'au cours des trois derniers siècles, l'humanité a connu près de 500 guerres. Des millions de morts, des veuves, des orphelins, des larmes. Pourquoi ? Pour quelques bouts de terre, une idéologie, des convictions religieuses, une couleur de peau, un puits de pétrole. Le monde devrait être gouverné par des femmes, tout irait mieux.

Il railla.

— Golda Meir en est une, si je ne me trompe. C'est elle qui dirige les combats pour l'instant.

Son sentiment de compassion s'estompa aussitôt.

Autant ne pas insister, il n'était pas homme à partager ses émotions. De plus, ils s'étaient déjà querellés la veille et elle ne souhaitait pas renouveler l'expérience.

Elle se leva.

— Vous avez raison, je retire ce que j'ai dit. Si nous y allions ?

Ils payèrent la note et remontèrent la ruelle.

Une librairie était ouverte au bout du passage. Des journaux et des magazines étaient disposés sur un présentoir à l'extérieur, entre un assemblage de cartes postales et des tourniquets de lunettes solaires. Les inondations qui ravageaient la région faisaient la manchette des quotidiens. Seul un titre mentionnait la guerre en cours.

Une idée lui vint.

— Attendez-moi, j'en ai pour cinq minutes.

Elle entra dans le magasin, fouilla les étagères et trouva ce qu'elle cherchait.

Elle ressortit en brandissant avec fierté l'objet comme un trophée. Il l'ignora, trop préoccupé par la présence de deux policiers autour de la voiture.

Daniel

Une Seat verte de la Guardia Civil était garée en double file.

Deux gendarmes coiffés de leur chapeau grotesque inspectaient la Mercedes. L'un d'eux était penché et explorait l'intérieur de l'habitacle, une main en visière. Il flottait dans sa chemise et semblait avoir une quinzaine d'années. Le deuxième, la quarantaine avancée, suivait l'opération à distance.

Il se tourna vers elle.

— Rendez-moi les clés.

Elle obtempéra.

Il fit mine d'ignorer la présence du binôme et lui ouvrit la portière arrière.

— Entrez et ne faites pas attention à eux.

Le jeune flic l'arrêta d'un geste et marmonna quelques mots qu'il interpréta comme : « Elle est à vous cette bagnole ? »

Question stupide.

— *Sí,* c'est ma voiture.

— *Los papeles por favor.*

Le plus âgé observait la discussion en affichant une assurance hautaine.

Il jeta un coup d'œil aux alentours. La Mercedes était garée selon le code et ne gênait pas le passage. Pas de panneau indiquant un stationnement interdit.

Que veulent ces abrutis?

— Pourquoi?

Le quadragénaire entra en action dans un français approximatif. Il portait une barrette sur ses épaulettes, le gamin, aucune.

— C'est les papiers du *vehículo,* montrer les documents et *su pasaporte* à mon collègue.

Pour en connaître un bout sur la question, il suspectait une séance d'écolage. Rien de tel qu'une mise en situation réelle pour la bleusaille.

— Et moi, je répète, pourquoi?

Le gradé lança quelques mots au jeunot d'un ton agressif, ce qui confirma son pronostic.

« Montre à papa comment tu en imposes aux touristes qui roulent en Mercedes. »

Le gamin revint à l'assaut. Une gouttelette de sueur perlait sur son front.

Il durcit le ton et agita la main avec empressement.

— *Los papeles por favor. Sin discusión.*

Sa morgue affectée ne l'impressionnait pas.

Il cloua son regard dans le sien.

— Si tu insistes, blanc-bec.

Autant ne pas faire de vagues. Il ouvrit la portière d'un geste brusque et récupéra les papiers dans la boîte à gants. Il sortit son passeport et tendit l'ensemble au morveux en poussant un soupir exaspéré.

Sa passagère grommela.

— Qu'est-ce qu'ils veulent ?

Il lui répondit d'un ton sec.

— Je m'en occupe, madame.

Les deux policiers épluchèrent les papiers. Carte grise, documents d'assurances, etc.

Le gradé le toisa avec dédain.

— Ouvrir coffre.

Il perdit patience.

— Ah bon ? Le coffre maintenant ? Pourquoi ?

— Ouvrir coffre.

Ces crétins risquaient de tomber sur le GP.

La colère l'emporta.

— Va te faire foutre.

Le vieux gendarme posa instinctivement la main sur la crosse de son arme.

— *¿ Qué dijo ?*

Madame De-quoi-je-me-mêle s'insinua entre eux.

— Ouvrez ce coffre, Daniel.

Il se tourna vers elle et fulmina.

— Enfin, vous voyez bien qu'ils ont décidé de nous emmerder. Ce n'est pas vous qui allez les calmer. Je connais ce genre de types, ils sont butés. Ils n'ont rien à nous reprocher. Qu'ils aillent se faire foutre.

Elle haussa le ton.

— Ouvrez ce coffre et laissez-moi faire.

— Comme vous voulez.

Il ouvrit le coffre et écarta les bras en signe de reddition.

— Et maintenant, vous faites quoi ?

Elle s'empara de son porte-documents, consulta une chemise et en sortit un papier. Elle s'approcha du chef gendarme et lui fourra le fichier sous le nez en indiquant un des paragraphes.

— Là, c'est écrit en espagnol.

Le flic parcourut le texte avec circonspection.

Son visage se décomposa.

Il tendit le papier au gamin qui le lut à son tour. Le feuillet tremblait dans ses mains.

Le gradé recula d'un pas et inclina la tête avec respect.

— Le pardon, madame. Vous pouvez partir.

— *Gracias.*

Il n'en croyait pas ses yeux.

Il referma le coffre à toute volée.

— Bande de cons.

Arnaud

L'affaire est sans nul doute encore présente dans la mémoire de bon nombre d'entre vous.

Le 23 mars 2018, à Trèbes, près de Carcassonne, dans l'Aude, un terroriste islamiste s'était retranché dans un supermarché après une course meurtrière à travers la ville.

L'homme venait d'abattre deux personnes dans la grande surface lorsque Arnaud Beltrame, un lieutenant-colonel de gendarmerie, parvint sur les lieux.

L'officier entama de longues négociations à distance avec lui. Lors de ces échanges, le gendarme lui proposa de se substituer au dernier otage retenu, une femme de 40 ans, employée du grand magasin, ce que le terroriste accepta.

Arnaud Beltrame entra alors dans le commerce.

Le face-à-face dura près de trois heures.

Vers 14 h 30, le gendarme tenta de désarmer l'agresseur. Celui-ci tira sur lui à plusieurs reprises avant de le poignarder. À la suite de ces coups de feu, l'assaut fut donné et le terroriste abattu.

Arnaud Beltrame fut retrouvé agonisant. Malgré les soins qui lui furent prodigués, il décéda le lendemain.

La mort d'Arnaud Beltrame connut un retentissement considérable à travers la France et le monde entier. À l'annonce de cet acte de bravoure exceptionnel, l'opinion publique fut bouleversée.

Interrogée plus tard par le magazine *La Vie,* sa femme déclara :

« On ne peut comprendre son sacrifice si on le sépare de sa foi personnelle. C'est le geste d'un gendarme et le geste d'un chrétien. Pour lui les deux sont liés, on ne peut pas séparer l'un de l'autre. »

Arnaud Beltrame fut promu au grade de colonel à titre posthume et cité à l'ordre de la Nation.

Marlène

Elle localisa Olias et lui rendit la carte routière.

— Merci, Daniel.

Il saisit le document et le rangea dans le vide-poche sans un mot.

Sa mauvaise humeur perdurait. L'empoignade avec les gendarmes l'avait sorti de ses gonds et il ne décolérait pas. Il soupirait, triturait le volant, tirait les coins de sa moustache.

Pourquoi s'était-il emporté de la sorte ?

Et pour quelle raison avait-il refusé d'ouvrir ce satané coffre ? Il ne transportait pas une cargaison d'armes ou de cocaïne.

Si elle ne s'en était pas mêlée, l'affaire aurait pu mal se terminer.

À présent, il mourait probablement d'envie de connaître le contenu du papier. Il s'était pourtant abstenu de lui poser la question. Et elle se serait abstenue de lui donner la réponse.

Elle sortit son cahier.

Samedi 20 octobre 1973

Nous arriverons bientôt à Malaga.
D'après la carte, le village où il habite est situé à une vingtaine de kilomètres du centre. Il sera trop tard pour que je m'y rende ce soir.
Je ne sais pas ce qui m'attend ni de quelle manière je vais prendre contact avec lui. Je connais seulement son nom d'emprunt, José Peralta.
Je me demande à quoi il ressemble aujourd'hui. Je pense l'avoir effacé de ma mémoire. Ils ne détiennent aucun portrait fiable de lui depuis son départ. Uniquement une photo où il est de dos, lors d'une fête d'anniversaire à Monaco, il y a deux ans.
Après le déjeuner, nous avons été contrôlés par des policiers.
J'ai cru que Dany allait en venir aux mains. Heureusement, j'avais le sésame qu'ils m'ont donné, au cas où.
Tu aurais dû voir sa tête.
Depuis cet incident, pour une raison que j'ignore, il a entrepris une opération escargot. Il lambine, traîne derrière les camions, admire le paysage, s'arrête à tout bout de champ pour prendre de l'essence ou fumer une cigarette.
On dirait qu'il cherche à reculer l'échéance ou à se venger d'avoir perdu la face devant moi.
Lui aussi bouillonne de colère rentrée. Ce midi, j'ai appris que son père était mort pendant la guerre, quand il avait 3 ans. Il ne m'en a pas dévoilé davantage.

J'aurais bien aimé écouter son histoire et lui raconter la nôtre, cela m'aurait donné de la force et du courage.
Il a éludé le sujet. Comme beaucoup d'hommes, il confond sensibilité et faiblesse.
Selon Baudelaire, les hommes qui passent pour de vrais durs sont plus sensibles que ceux dont on vante la sensibilité expansive. Ils se font durs parce que leur sensibilité les fait souffrir.
Dany en fait peut-être partie.

Elle remisa son cahier et ouvrit le livre acheté le midi. Elle parcourut les premières pages et s'éclaircit la voix.

— *Buenos días, Pablo.*

Son visage apparut dans le rétroviseur.

— Vous me parlez ?

Elle exhiba la couverture du bouquin.

— *L'Espagnol sans peine.* Première leçon. *Buenos días, Daniel.* Ça se prononce bouenoss diass, Daniel. En castillan, le S final se prononce toujours.

— Ah.

— Là, vous me répondez : *¿Marlène, qué tal estás ?* Ké tal éstass. Comment vas-tu ? À vous.

Il soupira.

— Je ne pense pas que ce soit pertinent.

— Détendez-vous, Daniel, et apprenez avec moi. *¿ Marlène, qué tal estás ?*

Il grommela à contrecœur.

— *¿ Qué tal estás ?*

— Vous pourriez y mettre un peu plus de cœur.

Il feignit l'enjouement.

— *¿ Qué tal estás?*

Elle déchiffra la phrase suivante et retint un rire.

— *Bien. Tú, en cambio, tienes mala cara.*

— Ce qui veut dire ?

— Toi, en revanche, tu as mauvaise mine.

— Merci.

— À vous : *estoy un poco preocupado.* Je suis un peu préoccupé. Ésstoï oun poco préoccupado.

— Vous êtes sûre que c'est ce qui est écrit ?

Elle le défia dans le rétroviseur.

— C'est qui le prof d'espagnol ?

— *Estoy un poco preocupado.*

— Très bien. *¿ Quieres comer conmingo ?* Veux-tu manger avec moi ?

Il hocha la tête avec dépit.

L'exercice ne l'amusait plus.

— Pourquoi pas ? Nous serons bientôt à Malaga.

Daniel

Les tours de béton apparurent entre les palmiers et les collines rocailleuses. Elles étaient plus nombreuses et plus élevées qu'à Lorca, mais tout aussi sinistres et disgracieuses.

Au-delà, la lune se reflétait dans la mer.

— Où allons-nous, madame ?

— Trouvez-nous un hôtel dans le centre. Quelque chose de confortable, sans luxe superflu. Au prix où sont les chambres, nous pouvons nous permettre de descendre dans un quatre étoiles.

— Vous avez rendez-vous dans un endroit précis ?

— Ce sera pour demain.

Il se détendit.

Loud and clear.

Le RSM serait satisfait.

La circulation se densifiait. La fumée des camions aussi. Des motos lancées à toute vitesse slalomaient entre les voitures au ralenti.

Ils s'engouffrèrent dans un tunnel. L'air était irrespirable, le bruit assourdissant. Ils ressortirent du souterrain et longèrent une vaste zone industrielle.

Un chapiteau de cirque jaune et rouge était dressé sur une aire de parking, entre un concessionnaire automobile et un réparateur de pneus. Des guirlandes d'ampoules électriques entouraient l'entrée. Sur un côté, un panneau géant représentait un trio de trapézistes en action. La femme voltigeait dans le vide sans se départir de son sourire. Une autre affiche montrait un homme torse nu vêtu d'un pantalon à paillettes érigé sur le dos de deux lions, un pied sur chaque échine.

Il inspira à pleins poumons et crut percevoir les effluves magiques.

Enfant, il adorait le cirque.

Chaque été, pendant ses vacances près de La Rochelle, il assistait aux spectacles des troupes itinérantes qui se produisaient dans les villages environnants. Il guettait les pancartes annonçant leur arrivée et suppliait sa mère de l'y emmener.

Ils y allaient bien avant le début de la séance pour visiter la ménagerie. Les fauves le fascinaient. Il se plantait devant leurs cages et les défiait du regard tout en s'effrayant de sa propre hardiesse.

Il les observait avec émerveillement, se repaissait de leur odeur mêlée aux exhalaisons fétides de sang et d'excréments.

Sa mère l'attendait en gardant ses distances, l'air dégoûté, un mouchoir collé sur le nez.

— Vous aimez le cirque, Daniel ?

Cette femme lisait dans ses pensées.

— J'adorais y aller quand j'étais gosse. Et vous ?

— Pas du tout. Je déteste. À part les clowns, et encore, je trouve que c'est triste à mourir. En plus, c'est toujours la même chose. La femme coupée en deux, le jongleur qui fait tourner ses assiettes, les acrobates en caleçon, le dompteur qui fait claquer son fouet. Quand vous en avez vu un, vous les avez tous vus.

— Vous en avez vu beaucoup ?

— Un.

— Vous auriez dû renouveler l'expérience. Certains numéros sont époustouflants. Le cirque est un rond de paradis dans un monde dur et dément.

Elle sifflota.

— Belle citation. C'est de qui ?

— Ma mère.

— Que fait-elle dans la vie ?

Il haussa les épaules.

— Pas grand-chose. Pour tout dire, elle n'a jamais travaillé. Avec sa pension de veuve, elle s'en est toujours sortie.

— Que faisait votre père ?

— Je préfère ne pas en parler.

Elle battit en retraite et croisa les bras.

— Pardonnez-moi.

Pourquoi insiste-t-elle ?

Il ne gardait qu'un souvenir brumeux de son père.

Les images étaient floues, à la manière d'un tableau expressionniste. Sa silhouette élancée se détachait dans la lumière. Il devinait ses mains, se rappelait le timbre de sa voix, percevait l'odeur de son après-rasage, mais ses traits restaient imprécis.

Malgré sa rebuffade, elle revint sur le sujet.

— Vous devriez lui écrire.

— Pardon ?

— Votre père vous manque, Daniel. Je l'ai senti, quand vous avez parlé de lui ce midi. Je suis sûre que vous lui parlez dans votre tête.

Plus que dans ma tête.

— Et après ?

— Faites un pas vers lui. Ouvrez-lui votre cœur. Écrivez-lui. Mettez vos émotions sur le papier, sans retenue. Dites-vous qu'il sera le seul à vous lire. De temps en temps, rassemblez vos textes, fourrez-les dans une enveloppe, notez son nom dessus et déposez-la dans une boîte aux lettres. Vous verrez, c'est une délivrance miraculeuse.

Il resta songeur.

La circulation était à l'arrêt. Des klaxons retentissaient de toutes parts. Une ambulance se faufila dans l'embouteillage, suivie par une armada de motos.

Malgré lui, l'idée fit son chemin.

Lui écrire ?

Il aurait tellement de choses à partager avec lui. Ses secrets, son chagrin, sa colère. Aussi ses moments de joie. Il aurait aimé qu'il connaisse Catherine, qu'il voie grandir ses petits-enfants, qu'il leur prodigue des conseils de vie. Il aurait aimé l'écouter, sentir sa présence, le regarder vieillir.

Marlène

La terrasse du restaurant se trouvait au dernier étage de l'hôtel. Elle offrait une vue panoramique sur la cathédrale de l'Incarnation, éclairée *a giorno.* Garées devant l'entrée, des calèches attendaient d'éventuels touristes pour leur faire découvrir Malaga *by night.*

Aux dires de la réceptionniste, la cathédrale était l'un des plus importants édifices d'Andalousie datant de la Renaissance. Dans la foulée, elle lui avait proposé des billets à prix réduit.

Oublions.

Elle ôta ses chaussures et posa ses pieds sur le sol.

Les pierres exhalaient la chaleur de la journée. La nuit était tombée et la température dépassait encore les 20 °C. Le ciel était criblé d'étoiles, un croissant de lune projetait une faible lueur sur les toits environnants.

Seules quelques tables étaient occupées. Les haut-parleurs diffusaient du jazz en sourdine. Un couple barbotait dans la piscine adjacente.

À 20 h 55, Sabre s'était levé au milieu du repas

pour annoncer qu'il avait un *truc* à faire et serait de retour dans dix minutes.

Un appel téléphonique *professionnel,* sans aucun doute.

Comme un brave petit soldat, il suivait à l'aveugle les instructions qu'on lui distillait au jour le jour. Sans qu'il s'en rende compte, il était le dindon de la farce.

À quel moment allaient-ils l'informer de la finalité de l'affaire ?

Ce *black-out* l'affligeait. Elle regrettait de ne pouvoir lui en dévoiler davantage. Sabre était un homme intègre, sincère, attaché à sa famille et ancré dans ses valeurs. Sa pudeur et sa sensibilité étaient touchantes.

Il reparut, traversa la terrasse à grands pas et se rassit.

— Pardonnez-moi, j'ai été plus long que prévu.

— En effet, votre plat est froid.

Il repoussa son assiette.

— Je me rattraperai sur le dessert.

— Pour ma part, je fais l'impasse. Mon estomac se remet à peine.

— Voulez-vous qu'on aille visiter la cathédrale ? C'est juste en face. Il est possible d'y entrer jusqu'à 22 heures. Saviez-vous que c'est l'un des plus importants édifices d'Andalousie ?

— Datant de la Renaissance, merci, j'ai lu.

— D'après les photos du prospectus, l'intérieur est superbe.

Elle ôta ses lunettes.

— Votre intérêt me surprend. Je ne vous imaginais

pas amateur de vieilles pierres. Peut-être êtes-vous croyant, Daniel ?

— À part à l'unif, j'ai suivi mes études dans des écoles catholiques.

— Vous ne répondez pas à la question.

— Je valide les préceptes fondamentaux, mais je me suis détaché du reste.

— Les préceptes fondamentaux ? Aimer son prochain, ne pas tuer, ne pas forniquer, ne pas mentir, c'est de ceux-là que vous parlez ?

— Entre autres.

— Vous savez combien d'innocents ont été massacrés au nom du christianisme au cours des siècles ? Combien de femmes violées ? L'esclavage, les déicides, les croisades, l'Inquisition ? À chaque fois, des centaines de milliers de morts. Rien que pendant la chasse aux sorcières, 100 000 femmes ont été brûlées vives.

Il évacua l'argument d'un geste de la main.

— Nous sommes au XXe siècle.

Une telle naïveté était déconcertante.

Elle s'emporta.

— Et alors ? On efface l'ardoise ? On oublie tout ? On dit que ce sont des erreurs de jeunesse ? Vous pensez qu'il ne s'est rien passé au XXe siècle ? Je pourrais vous raconter un tas d'histoires sur les crimes des cathos durant les deux guerres. Il ne faut même pas franchir les frontières de la Belgique.

Il parut sur le point de répliquer et préféra s'abstenir.

Un silence glacial s'installa. Il alluma une

cigarette, fit claquer le couvercle de son briquet et souffla la fumée vers le haut.

— Changeons de sujet.

Comme chaque fois qu'un thème le contrarie.

— Comme vous voulez. De toute façon, je ne mettrai pas un pied dans cette église.

Elle lui en aurait bien expliqué les raisons, s'il était prêt à les entendre.

Et elle à les lui donner.

Avant que son père ne vienne lui ordonner de se tenir à carreau, elle avait subi une remontrance de la mère supérieure pour avoir refusé d'assister à la messe. L'air buté, elle avait écouté la succession de phrases creuses qui ne signifiaient rien pour elle.

« Il faut louer le Seigneur, Il est amour, Il est miséricordieux, etc. »

Elle avait protesté.

— S'il est si miséricordieux, pourquoi m'a-t-il enlevé ma mère ?

Une autre expression toute faite l'attendait.

— C'est la volonté de Dieu.

Le lendemain, elle avait cherché la définition de « volonté » dans le dictionnaire.

« La volonté est la faculté de déterminer librement ses actes en fonction de motifs rationnels. »

Elle était revenue à la charge auprès de la nonne en chef, la questionnant sur les *motifs rationnels* qui auraient pu guider le Seigneur.

Une autre réponse formatée l'attendait.

— Les desseins du Seigneur sont impénétrables.

Du haut de ses 8 ans, elle avait rétorqué.

— Les miens aussi, j'irai plus à la messe.

Léon

Au même titre que bon nombre, vous n'avez peut-être jamais entendu parler de Léon Degrelle.

Léon Degrelle est né le 15 juin 1906. Après ses études secondaires à l'institut Saint-Pierre de Bouillon, il est entré au collège Notre-Dame-de-la-Paix à Namur. Passionné par la littérature, il a commencé à écrire des poèmes et rédigé des articles pour certains journaux et périodiques.

Il a poursuivi ses études à l'université catholique de Louvain où il a milité au sein de l'ACJB, l'Action catholique de la jeunesse belge. Peu après, il a pris en charge la revue estudiantine et a été invité à collaborer au quotidien catholique *Le Vingtième Siècle.* Il a ensuite fondé les éditions Rex qui ont publié certains auteurs belges ainsi que des brochures traitant de thèmes d'actualité.

En 1933, après la prise de pouvoir par Hitler, la légation allemande, impressionnée par sa verve et son ambition, a pris contact avec lui. L'objectif déclaré de Degrelle était alors de réformer le Parti catholique. Deux ans plus tard, il est devenu le leader d'un mouvement indépendant : le rexisme.

L'année suivante, le Front populaire de Rex a obtenu 11 % des suffrages aux élections législatives. Fort de ce succès, Degrelle a lancé son propre journal, *Le Pays réel.*

Aux premiers jours de l'invasion allemande, il a été arrêté par le gouvernement belge pour espionnage et incarcéré à la prison de Forest. Transféré en France, il a été libéré fin juillet 1940 et a rencontré les autorités allemandes d'Occupation.

Il est revenu en Belgique et *Le Pays réel* a reparu. Le 1er janvier 1941, il a rédigé un article intitulé « *Heil Hitler* » dans lequel il proclamait son allégeance au Führer et lançait des attaques contre les Juifs et les étrangers. Quelque temps après, il a formé la Légion Wallonie et est parti se battre sur le front de l'Est. Un an plus tard, il a rencontré Hitler, a été décoré de la croix de fer et nommé Feldwebel.

Rentré en Belgique en janvier 1943, il a multiplié les discours pronazis. En juin de la même année, la Légion Wallonie a été incorporée dans la Waffen-SS et, en janvier 1944, il a été promu SS-Hauptsturmführer.

Six mois plus tard, les Alliés ont débarqué en Normandie. En août, Paris a été libéré et l'ultime offensive d'Hitler dans les Ardennes a échoué. Voyant ses dernières illusions s'effondrer, Léon Degrelle a fui vers l'Allemagne d'où il a rejoint le Danemark.

Son procès s'est ouvert à Bruxelles le 27 décembre 1944. En l'absence de l'accusé, toujours en fuite, Léon Degrelle a été condamné à mort par fusillade par le Conseil de guerre de Bruxelles.

Durant l'Occupation, les rexistes se sont rendus coupables de nombreux meurtres et exactions. Les 17 et 18 août 1944, sur ordre de leur état-major, les milices rexistes ont exécuté 27 civils, hommes et femmes, en représailles à l'assassinat du bourgmestre rexiste du Grand Charleroi. Ce drame s'inscrit dans l'histoire comme la *tuerie de Courcelles.*

Daniel

Cette journée lui laissait une impression étrange.

L'habileté qu'avait cette femme à s'immiscer dans ses pensées était troublante. Sans qu'elle en soit consciente, elle avait touché sa fibre sensible. Il avait lui-même été surpris d'aborder le sujet, tant il lui arrivait rarement de parler de son père.

Il ne croyait pas à une simple coïncidence, plutôt à la légendaire intuition féminine. Elle aussi avait perdu un parent pendant la guerre et sa démarche avait probablement été guidée par son drame personnel.

Aussi loin que portait sa mémoire, toute question touchant à son père était taboue. Sa mère avait toujours refusé d'en parler avec lui, ne répondant qu'évasivement à ses interrogations avant de changer de thème. Ce n'est qu'après de longues recherches à l'université qu'il en avait appris davantage sur sa mort.

La vérité avait été un choc. Depuis, sa colère ne s'était jamais apaisée. Au mieux, elle se réfugiait dans l'ombre.

Il vida son verre, héla le garçon et lui en commanda un autre.

L'entretien qu'il avait eu avec le RSM avait été des plus succincts.

« Dans quel hôtel êtes-vous ? Épelez. Il se trouve dans quel coin ? Où allez-vous demain ? Appelez-moi quand vous en saurez plus. »

Déclic.

Pas d'écho cette fois.

Il alluma une cigarette.

De la musique retentissait de tous côtés, formant une effroyable cacophonie.

Après le repas, il l'avait saluée et était parti se promener sur le port. Il avait parcouru le quai de long en large avant de s'attabler à l'une des nombreuses terrasses en plein air et de commander un whisky.

Les Espagnols vivaient la nuit. Les rues ne désemplissaient pas. Une foule bigarrée allait et venait devant le bar. Certains s'arrêtaient pour admirer les luxueux yachts amarrés ou se faire photographier en prenant la pose affectée de l'armateur richissime.

Dans un bistro voisin, des couples dansaient avec frénésie, accompagnés par un chanteur expansif et son trio de guitaristes.

Catherine aurait adoré se joindre à eux.

Fidèle à la tradition musicale allemande, un restaurant-salle de bal était ouvert au centre de Düren. Ils y allaient de temps en temps le week-end. Un public de tous âges et horizons s'y retrouvait.

La soirée commençait par un cours d'une heure trente, à chaque fois un style différent : valse, cha-cha-cha, rumba, mambo. Ils avaient souvent participé aux séances et s'étaient amusés comme des adolescents. Tous deux éprouvaient une grande sympathie pour le tango argentin et ses multiples figures aux noms évocateurs : la *caïda,* la *sentada,* la *quebrada*, l'*empujada.*

Il imagina Catherine tourbillonnant sur la piste en riant, les mains nouées autour de son cou. Ces soirs-là, elle choisissait sa robe avec soin, privilégiant les couleurs vives et les décolletés échancrés. Il s'amusait à lui jeter des regards égrillards en lorgnant sa poitrine.

Il s'était promis de lui écrire en fin de soirée. Si les instructions lui défendaient de l'appeler, elles ne lui interdisaient pas de lui envoyer du courrier. Dans un premier temps, il avait songé à lui adresser une carte postale.

Quelle aurait été sa réaction en recevant une photo d'un endroit paradisiaque ?

Par chance, du papier à lettres et des enveloppes étaient disponibles dans sa chambre.

Il déplia un feuillet vierge, le posa devant lui et ouvrit son stylo.

Samedi 20/10/1973

Le stylo restait suspendu au-dessus du papier.

Et après ?

Tout va bien ? La mission se terminera bientôt ? Tu me manques ?

Ses pensées se bousculèrent.

« Ouvrez-lui votre cœur. Il sera le seul à vous lire. »

Il leva les yeux et contempla le ciel étoilé. Il froissa la feuille de papier et en prit une autre.

Malaga, samedi 20/10/1973

Il inspira.

Sa silhouette se profila, l'odeur de son après-rasage lui chatouilla les narines, il crut percevoir le timbre de sa voix.

La plume entra en contact avec le papier.

J'ai tant de choses à te dire.

Le stylo tremblait.

Ses mains refusaient le combat.

Il déchira la lettre.

Une autre fois, peut-être.

Il releva la tête. Ses yeux se perdirent dans la foule.

Son attention fut attirée par la présence d'un homme immobile, au bord du quai. Au contraire des autres badauds, il était tourné dans sa direction et semblait l'observer.

Sa silhouette ne lui était pas étrangère. Il accrocha son regard. L'homme ne détourna pas les yeux, comme s'il ne craignait pas d'être reconnu. Après quelques instants, il se mit en marche et disparut dans la marée humaine.

Où l'avait-il déjà vu ?

Il parcourut le film à l'envers et l'identifia.

De toute évidence, il s'agissait du civil qui se trouvait dans le bureau du chef de corps, assis sur l'appui de fenêtre.

CINQUIÈME JOUR

Marlène

Elle inspecta son reflet dans le miroir de la salle de bains. Robe noire, coupe stricte, veste assortie, un rang de perles, pas de maquillage. Côté chaussures, elle avait opté pour une paire d'escarpins à talons plats.

Même s'il y avait peu de chances que la rencontre ait lieu, elle devait se tenir prête à l'affronter, tant physiquement que mentalement.

Elle revint dans la chambre, s'assit sur le lit et ouvrit le dossier. Hormis quelques informations annexes, elle en avait mémorisé les principaux éléments. Ce rituel immuable lui rappelait le sens de sa démarche et renforçait sa détermination.

En tête, une coupure de presse.

« Trois corps découverts dans un chantier de construction à Hannonsart »

L'article, paru dans *Le Soir* du lundi 5 mai 1969, constituait la première pièce du puzzle.

De par son caractère insolite, le fait divers avait

généré quelques plaisanteries à l'athénée. Elle ne s'y était pas attardée, les examens de fin d'année approchaient et elle avait d'autres préoccupations. Plusieurs élèves étaient en difficulté et elle se faisait un point d'honneur à les faire réussir.

À présent, elle en connaissait chaque ligne. Malgré cela, un malaise l'envahissait chaque fois qu'elle le parcourait.

En 1966, un couple de Bruxellois dont le mari gérait une entreprise de pompes funèbres avait fait l'acquisition d'un terrain dans le Brabant wallon pour y construire une villa. Dix-huit mois plus tard, la maison était terminée et ils y avaient emménagé.

Un an après, ils avaient décidé d'installer une piscine dans leur jardin. Lors des travaux de terrassement, les ouvriers avaient découvert les restes d'un corps enfoui à deux mètres de profondeur.

Le parquet était aussitôt descendu sur les lieux.

Après un examen préliminaire du cadavre par le légiste, le juge d'instruction avait ordonné d'effectuer de nouvelles fouilles sur la propriété, en dépit de la contrariété des occupants.

Les pelleteuses étaient venues, le terrain avait été entièrement retourné et deux autres dépouilles avaient été retrouvées.

Selon les conclusions de l'autopsie, les victimes avaient toutes trois été exécutées d'une balle dans la nuque avant d'être enterrées sommairement. Le praticien avait estimé que les faits remontaient à plus de vingt-cinq ans et s'étaient vraisemblablement produits durant la Seconde Guerre mondiale.

Seul un des corps avait pu être identifié, grâce

à une carte de ravitaillement et quelques objets personnels. Son nom n'avait pas été révélé dans la presse.

Une semaine plus tard, alors que plus personne ne parlait de l'affaire du croque-mort et de ses clients tombés du ciel, elle avait été convoquée au Palais de justice.

Le cabinet du juge d'instruction se trouvait à deux pas de l'athénée.

L'homme avait été direct.

« J'ai appris que vous aviez entrepris des recherches sur la disparition de votre mère, Mme Irène Toussaint, en août 1942. Je suis au regret de vous informer que son corps a été retrouvé le 3 mai dernier à Hannonsart. Je vous présente mes condoléances. »

L'annonce avait ricoché dans son cerveau.

Elle n'en avait pas cru un mot.

Trois mois auparavant, elle s'était rendue en Allemagne, à Bad Arolsen, aux archives du CICR, le Comité international de la Croix-Rouge. Après des investigations approfondies, ils avaient remonté la piste d'une dénommée « I. Toussaint » qui aurait été capturée lors d'une rafle nocturne à Bruxelles et conduite à la caserne Dossin de Malines.

Prudents, ils avaient toutefois précisé que le sexe de la personne n'était pas établi avec certitude, « I. Toussaint » pouvant être un homme ou une femme. Ils avaient également retrouvé la trace de ce ou cette « I. Toussaint » dans un convoi qui avait quitté la Belgique le 11 août 1942 en direction de l'Allemagne.

Après cette date, le nom de « I. Toussaint » n'était plus apparu. Aucun registre ne mentionnait ce nom, ni ceux des camps de concentration ni ceux des camps de travail, pas plus qu'il ne figurait sur la liste des rescapés établie à la fin de la guerre.

« I. Toussaint » avait disparu, ce qui ouvrait plusieurs hypothèses.

Elle n'en avait retenu qu'une.

Même si Toussaint était un patronyme répandu, pour elle, il s'agissait de sa mère. Quant à son absence dans les répertoires, cela signifiait qu'elle s'était évadée et pouvait être encore en vie. Elle s'était accrochée corps et âme à cette idée.

Le 12 mai 1969, pour une raison obscure, un funeste magistrat avait tenté de ruiner neuf ans d'espoir.

Elle l'avait froidement remercié et s'en était allée.

En déni de la réalité, elle avait effacé cette visite de son esprit et n'en avait parlé à personne.

Quelques jours plus tard, elle avait reçu une convocation de la police lui enjoignant de passer au commissariat, sans autre précision.

L'inspecteur en charge de l'enquête sur les cadavres de Hannonsart lui avait présenté les quelques effets trouvés sur la victime identifiée en lui demandant si elle les reconnaissait.

Elle avait jeté un coup d'œil superficiel aux objets.

Un morceau de papier en décomposition, un modeste collier de perles, deux vieilles bagues dorées, une pince à cheveux en écaille.

Elle s'apprêtait à répondre par la négative quand les objets s'étaient animés. Comme dans un rêve éveillé, le collier avait quitté la cuvette en inox pour s'enrouler autour du cou de sa mère, faisant ressortir la blancheur de la nacre sur sa robe sombre.

Elle s'était souvenue qu'elle en possédait deux, de coupe et de couleur identiques. Elle les mettait pour le travail et les appelait « ma robe paire » et « ma robe impaire ».

La barrette avait virevolté dans les airs avant de s'insérer dans sa chevelure de jais. Les bagues avaient tournoyé et s'étaient glissées sur ses doigts fins et délicats.

Prise d'un malaise, elle s'était revue, assise sur la chaise bancale de la cuisine, sa poupée de chiffon sur les genoux. Debout derrière elle, sa mère lui démêlait les cheveux en fredonnant.

« Lily, Lily Marlène. »

Elle avait murmuré « maman » avant de se perdre dans un sanglot.

Daniel

Pour la énième fois, la sonnerie retentit dans le vide.

Il était pourtant certain de ce qu'il avait entendu.

« Appelez-moi quand vous en saurez plus. »

Il n'avait pas d'indication complémentaire, il souhaitait plutôt en recevoir sur son pisteur, le civil qui avait assisté au briefing à l'état-major.

Qui était-il ?

Que voulait-il ?

Il s'était longuement interrogé sur son apparition – sans nul doute intentionnelle.

La veille au matin, il avait informé le RSM qu'ils seraient à Malaga dans la soirée. Cela laissait le temps à l'inconnu de prendre un vol pour l'Espagne et de débarquer à Malaga dans l'après-midi. De plus, il lui avait communiqué le nom et l'adresse de l'hôtel à son arrivée.

Si la présence du gaillard s'expliquait, le but de sa venue restait obscur. Pour ajouter à sa confusion, le RSM ne répondait pas à ses appels.

Il boucla sa valise, enfila sa veste et descendit à la réception.

Elle était assise dans le hall, un livre dans les mains.

— Bonjour, madame.

Elle leva la tête du bouquin.

— Bonjour, Daniel. Je vous propose de déposer vos bagages à la conciergerie, nous les reprendrons au retour.

— Comme vous voulez.

Elle quitta son fauteuil et l'accompagna au comptoir.

Il l'observa à la dérobée. Avec sa robe noire, son collier de perles et sa chevelure flamboyante, elle lui rappelait Jackie Kennedy. Même allure, même élégance, même classe.

Avant qu'il ait ouvert la bouche, elle interpella la préposée et prononça quelques mots en espagnol. La femme acquiesça, empoigna la valise et lui remit un coupon en échange.

Il la considéra avec un étonnement admiratif.

— Vous avez révisé toute la nuit ?

— J'adore apprendre.

— En tout cas, votre accent est convaincant.

— *Gracias. ¿ Ha dormido bien, señor Sabre ?*

— Moyen. Le lit est minuscule, mes pieds et ma tête touchent les bords. J'ai dû mettre mon matelas par terre.

— Il est possible que nous passions une nuit de plus dans cet hôtel. Dans ce cas, je demanderai qu'on vous change de chambre.

Ils sortirent et regagnèrent la Mercedes.

Il guetta discrètement de tous côtés, à la recherche de son épieur, persuadé qu'il se trouvait quelque part, dissimulé dans une voiture ou planqué derrière un palmier.

Il lui ouvrit la portière, ôta son veston et s'installa au volant.

— Où allons-nous ?

— À Olias, c'est un petit village dans les hauteurs. Passez-moi la carte, je vais vous montrer.

Il s'exécuta.

Elle se pencha en avant et pointa la destination.

— Là, ce n'est pas très loin.

L'espace d'un instant, l'idée lui vint d'inventer un prétexte pour sortir de la voiture et appeler une nouvelle fois le RSM.

Il lança le moteur et passa la première.

John-John

Il existe de nombreuses photos de John-John Kennedy, le fils du président, jouant dans le bureau ovale de la Maison-Blanche.

Dans une série de vues prises le 14 octobre 1963, on découvre le garçon de 3 ans assis aux pieds de son père. Dans une autre, il est caché sous le bureau, l'air espiègle.

Le cliché le plus célèbre reste néanmoins celui de John-John faisant le salut militaire devant le cercueil de son père, six semaines plus tard, le 25 novembre 1963.

Au printemps 1964, Jackie Kennedy a tenu plusieurs conversations intimes avec Arthur Schlesinger, un ami de la famille.

Gardées secrètes pendant cinquante ans, les bandes ont été publiées en 2013.

Dans l'une d'elles, on entend l'historien interroger John-John, âgé alors de 4 ans.

— Tu te souviens de ton père ?

— Oui.

— Où est-il ?
— Il est au paradis.

Marlène

La route grimpait vers le haut des collines, dévoilant une terre ocre et quelques arbustes chétifs. Ni champs ni vaches. S'il n'y avait la mer au loin, elle se serait crue dans un paysage de western.

— Nous y serons dans une demi-heure, madame.

Ce n'est pas trop tôt !

Après avoir tourné en rond et sillonné d'innombrables rues en jetant d'incessants coups d'œil dans le rétroviseur, il était parvenu à trouver le chemin.

Durant l'ascension, ils n'avaient croisé que quelques voitures.

Après un long virage, le sommet apparut. Il dépassa un groupe de cyclistes en plein effort, debout sur leur vélo, la bouche ouverte, se disputant une ligne d'arrivée fictive.

Passé le point culminant, la route commençait à redescendre.

Après quelques centaines de mètres, le village se profila. Bâti à flanc de colline, Olias n'était qu'une petite grappe de maisons accrochées à une église fortifiée qui semblait les retenir de la chute.

Il jeta un coup d'œil vers l'arrière.

— Nous entrons dans Olias.

Son ventre se contracta.

— Vous devriez pouvoir vous garer dans le centre. Pour autant qu'il y ait un centre.

Il parut embarrassé.

— Je dois vous avouer quelque chose, madame.

Son ton l'intrigua.

— Que se passe-t-il?

— Une voiture nous suit depuis notre départ de l'hôtel.

Elle ressentit un choc dans la poitrine.

— Vous êtes sûr?

— Certain. J'ai zigzagué dans les rues pour m'en assurer. Le type est coriace, je pensais l'avoir semé. Dès qu'on était sur la route, il était de nouveau là. En plus, il ne cherche pas à passer inaperçu.

Elle réfléchit à toute vitesse.

Ce n'était pas Bertels ni l'un de ses acolytes. Pourquoi la suivrait-il? S'il avait décidé de la doubler, il lui suffisait de lui téléphoner pour l'alerter.

Ce ne pouvait être qu'*eux*.

Malgré leurs beaux discours, leurs hochements de tête approbateurs et leurs costumes impeccables, ils ne lui faisaient pas confiance. Ces messieurs voulaient voir de leurs propres yeux, entendre de leurs propres oreilles, être sûrs de leur coup. « La confiance n'exclut pas le contrôle », disait Lénine.

« Localisez-le et assurez-vous que c'est lui, nous nous chargeons du reste. »

Ce qui signifiait que leur poursuivant n'était pas seul et qu'une équipe se préparait à intervenir. Dès qu'elle leur aurait confirmé son identité, le feu vert serait donné.

Avec naïveté, elle avait pensé qu'ils *se chargeraient du reste* après sa visite.

Bien après sa visite.

Elle revit les trois hommes, assis, les bras croisés, dans le bureau sans fenêtre, la dévisageant avec insistance. Ils lui avaient à peine communiqué leurs noms, faux probablement. Ni carte de visite ni adresse. Seul un numéro de téléphone en cas d'urgence.

Malgré cet écran de fumée, elle avait accepté de les aider. Les informations en leur possession étaient fiables et attestaient de leur bonne foi. De plus, l'accord qu'ils lui proposaient était gagnant-gagnant.

Pour l'heure, il était hors de question qu'ils interviennent avant qu'elle l'ait vu et lui ait parlé.

D'un autre côté, l'homme qui les suivait ne savait pas où elle se rendait. Seul Daniel connaissait leur lieu de destination.

Et maintenant ?

Elle réfléchit aux options qui s'offraient à elle.

S'ils enfreignaient les règles qu'ils avaient eux-mêmes établies, rien ne l'empêchait d'en faire autant. Tout bien considéré, elle menait le bal. Tant qu'elle ne leur donnerait pas son cautionnement, ils resteraient dans le flou et ne pourraient intervenir.

Elle jeta un coup d'œil par la lunette arrière. Une voiture rouge les suivait à bonne distance.

Elle se pencha vers l'avant.

— Prenez de la vitesse, déposez-moi ni vu ni

connu à l'entrée du village et poursuivez votre route.

L'idée parut lui plaire.

— C'est noté. Ensuite ?

— Quand vous aurez semé cet imbécile, revenez sur vos pas.

— Affirmatif.

— Il doit bien y avoir un commerce ou un bistro dans ce patelin. Demandez-leur où habite le *señor* Peralta, allez là-bas et attendez-moi devant la maison.

— Peralta ?

— José Peralta, tout le monde doit le connaître ici.

— Parfait. Comptez sur moi.

Daniel

Il enfonça l'accélérateur.

Le moteur toussota, cracha un panache de fumée noire et la Mercedes s'ébranla.

Enfin un peu d'action !

Il prit de la vitesse et atteignit les premières maisons. La voie se rétrécissait et formait une courbe. Il guetta la route dans le rétroviseur. Pas de voiture rouge en vue. L'effet de surprise avait joué. Il l'avait distancée. Pour un temps en tout cas.

L'église du village apparut sur la droite, un peu en retrait de la chaussée. À en croire le va-et-vient, la messe dominicale était terminée depuis peu. Le curé se tenait au bas des marches, entouré d'une dizaine de personnes. Des gamins jouaient sur le parvis. Quelques couples âgés regagnaient leur foyer.

— Préparez-vous.

— Quand vous voulez.

Il freina sans crier gare.

— *Go !*

Elle empoigna son porte-documents, sortit en

coup de vent de la voiture et se dirigea d'un pas pressé vers le groupe de fidèles.

Il redémarra en trombe.

À nous deux, connard!

Il dépassa le village et avala une longue ligne droite qui retournait vers la côte. Alors qu'il approchait d'une bifurcation, le point rouge ressurgit et grossit rapidement.

Son avance fondait à vue d'œil. La bagnole de son ange gardien était plus puissante que la sienne.

Il parvint à l'embranchement et se repéra.

À gauche, montée abrupte vers Comáres, à droite, descente sinueuse vers Totalán.

Va pour Totalán.

Il bascula dans la pente et mit les gaz. D'un côté, le flanc de colline, de l'autre, le vide.

Au premier tournant, les pneus gémirent. La Mercedes maintint le cap. Il reprit de la vitesse. À l'amorce du virage suivant, un panneau routier prescrivait 40 km/h.

Son compteur indiquait 80 km/h.

Il entra à vive allure dans la courbe. L'angle était plus serré qu'il ne pensait. Les roues crissèrent et la voiture chassa de l'arrière. Il contre-braqua et rétablit la trajectoire.

Ligne droite.

Accélération.

Son regard sautait sans cesse de la route au rétroviseur. Le point rouge ne décrochait pas. En plus d'être plus rapide, le bolide était plus maniable que les deux tonnes de la Mercedes.

Et le lascar savait conduire.

L'espace d'un instant, l'idée de s'arrêter sur le bas-côté et de s'expliquer *mano a mano* avec lui l'effleura.

Ce n'étaient pas les instructions qu'il avait reçues.

Qui était José Peralta ?

Qui était son pisteur ?

En attendant d'avoir les réponses, il devait semer son poursuivant. Une chose était désormais claire, la *tournure imprévue* était lancée.

Il continua à enchaîner lignes droites et virages à la limite de la rupture.

Une épingle à cheveux le prit en défaut. Il donna un violent coup de frein. La voiture fut projetée de travers dans la courbe. L'arrière décrocha. Il parvint à enrayer le dérapage et frôla le précipice. Les pneus hurlèrent. Un bruit métallique retentit dans son dos. L'un des enjoliveurs de roue dévalait la chaussée en zigzaguant.

Il se remit dans l'axe et réaccéléra.

Le bas de la colline approchait.

Après une dernière courbe, les premières tours apparurent, la pente s'adoucit et la route s'ouvrit sur une longue ligne droite qui entrait dans Malaga.

Plusieurs voitures venaient en sens inverse. Il écrasa le champignon, doubla un camion et se rabattit vivement. La sirène du poids lourd sanctionna son sans-gêne.

La manœuvre terminée, il épia le rétroviseur.

Bingo !

Fangio était coincé derrière le semi-remorque.

Il mit le pied au plancher. La distance augmenta. Il descendit la vitre et brandit son majeur.

¡Hasta luego!

Après quelques centaines de mètres, il entra dans la ville. Au premier carrefour, il prit à droite, suivit une rue étroite et tourna à gauche. Il renouvela l'opération à plusieurs reprises et déboucha sur une vaste place entourée d'arbres au feuillage jauni. Un obélisque se dressait au centre de l'esplanade.

Il se rangea le long du trottoir et patienta quelques instants en guettant ses arrières.

Personne.

Mission accomplie.

« *L'imbécile* » était semé.

Il s'apprêtait à rebrousser chemin quand le panneau bleu ciel d'une cabine téléphonique happa son regard. Il sortit et traversa la rue. Il glissa quelques pièces dans la fente de l'appareil et composa le numéro du RSM.

Tout comme le matin, la sonnerie résonna dans le vide. Il raccrocha et fit une nouvelle tentative.

Aucune réponse.

Un mauvais pressentiment l'assaillit.

Il quitta la cabine et rejoignit la voiture.

Une Alfa Romeo rouge sang était garée derrière la Mercedes. Le conducteur était assis du bout des fesses sur l'aile avant, dans la même posture que la première fois qu'il l'avait vu.

Une flambée de colère s'alluma dans ses veines.

Il serra les poings et se dirigea vers lui d'un air menaçant.

— Qu'est-ce que vous voulez ?

L'homme ne parut pas impressionné. Il saisit un papier dans la poche de sa chemise et le lui tendit.

— Nous vous devons quelques explications, monsieur Sabre. Voici le numéro du lieutenant-colonel Brabant. Il attend votre appel.

Marlène

12 h 55.

Pour autant qu'elle soit ponctuelle, la camionnette arriverait dans les prochaines minutes.

Comme elle s'y attendait, les gens du village savaient qui était le señor Peralta. À commencer par le curé qui le croisait à peu près tous les matins à la messe, sauf quand le *señor* était souffrant, ou le dimanche, jour de repos de son chauffeur.

Peut-être aurait-elle préféré qu'il lui dise ne connaître personne de ce nom. Elle aurait fait ce qu'elle avait pu, elle n'aurait rien à se reprocher.

À présent, elle devait obtenir la réponse qu'elle venait chercher. Le nœud s'était resserré dans son ventre. Malgré leur divergence de vues, elle aurait aimé sentir la présence rassurante de Daniel à ses côtés.

Était-il parvenu à se débarrasser du fouineur ?

Après son passage à l'église, elle était partie en reconnaissance dans le patelin. La boulangère était sortie de sa boutique pour lui montrer où habitait le *señor* Peralta.

Elle avait indiqué un point blanc au sommet de la colline.

— *La gran casa blanca en las alturas.*

Dans la foulée, elle lui avait dit que le *señor* Peralta employait un couple à temps plein. La femme s'appelait Marta, elle faisait le ménage et la cuisine. Feliz, son mari, était chauffeur et homme à tout faire.

Et garde du corps à ses heures.

Tous deux prenaient leur jour de repos le dimanche. Ils descendaient à Malaga, déjeunaient en ville ou se prélassaient sur la plage. Parfois, ils allaient danser au port et rentraient assez tard.

En veine de confidences – ou en manque de clients – elle avait ajouté qu'en leur absence, le *señor* commandait un repas au Los Morenos, un restaurant situé dans le village voisin. La femme du patron assurait la livraison.

L'idée lui était venue de manière spontanée.

Elle avait confessé être la fille de José Peralta et avoué ne plus l'avoir vu depuis très longtemps. Elle souhaitait lui faire la surprise de sa visite. Était-il possible de contacter le restaurant pour qu'elle se substitue à la serveuse et aille elle-même lui apporter son déjeuner ?

Tout en lui posant la question, elle avait laissé un billet de 100 pesetas sur le comptoir.

La boulangère le lui avait retourné d'un geste offusqué. Elle ne faisait pas cela pour l'argent, elle aimait faire plaisir et trouvait la suggestion touchante. Le señor Peralta serait ravi.

Avant de passer l'appel téléphonique, elle l'avait

néanmoins soumise à une avalanche de questions pour assouvir sa curiosité ou alimenter les potins.

« Non, je ne suis jamais venue ici. Mon chauffeur m'a déposée devant l'église. Oui, je suis sa fille unique. Non, nous ne nous sommes plus vus depuis plusieurs années. Pourquoi ? J'habite au Canada. Mon métier ? Je suis avocate. »

Satisfaite, elle avait joint le restaurateur qui avait d'emblée donné son accord. Dolorès, sa femme, la cueillerait à la boulangerie à 13 heures et la conduirait *là-haut.*

13 h 02.

Une minuscule fourgonnette jaune citron s'arrêta en pétaradant. « Restaurante Los Morenos » était peint en rouge sur les flancs. Une fourchette traversait le M de part en part. Un couteau faisait office de point d'exclamation.

La dénommée Dolorès descendit de la voiture et lui sourit. Elle devait avoir son âge, ne dépassait pas 1,50 m et portait des cheveux bruns très courts.

Elle l'invita à monter et referma la portière derrière elle. L'habitacle sentait l'ail et la sardine grillée. La femme prit place au volant, lança le moteur à plein régime et lâcha l'embrayage d'un coup. Le tacot fit un bond et émit quelques hoquets.

Dolorès rit de bon cœur.

— *El auto es viejo.*

Elle sortit du village et entama l'ascension sans cesser de parler haut et fort pour couvrir le bruit.

Elle ignorait que le *señor* Peralta avait une fille. Elle trouvait qu'elle était très élégante et avait une jolie robe. Elle compléta son discours en disant qu'elle venait tous les dimanches lui déposer son menu, que le *señor* préférait le poisson et ne commandait jamais de vin.

De son côté, elle lui expliqua qu'elle avait convenu que son chauffeur la reprendrait chez son père vers 15 heures et qu'elle ne devait pas l'attendre.

La camionnette s'arrêta devant un imposant portail métallique encadré de hauts murs. Une végétation abondante s'échappait de leur crête.

Pendant que la restauratrice récupérait le colis à l'arrière, elle s'extirpa de la voiture et examina le porche d'entrée. Pas de caméras en vue, seulement un interphone muni d'un pavé numérique sur l'un des pans.

Un plateau recouvert d'une feuille d'aluminium dans les mains, Dolorès la rejoignit et désigna l'appareil du menton.

— *Timbro dos veces y me alejo. ¿ Entendido?*

— O.K.

La femme posa le chargement sur un genou et appuya deux fois sur le bouton de la sonnerie.

D'interminables secondes s'écoulèrent.

Le parlophone émit un grésillement.

— Dolorès?

Un léger vertige l'envahit. La voix avait changé, le ton n'était plus aussi tranchant, mais c'était *lui.*

La serveuse réagit.

— *Sí, señor.*

Il y eut un déclic et le portail s'entrouvrit.

Dolorès lui remit le plateau et lui adressa un clin d'œil.

— *Buena suerte.*

Daniel

Le moteur vomissait ses pistons. Il était à fond de troisième dans la montée vers Olias et ne lâchait pas la pression sur l'accélérateur. Arc-bouté sur le volant, il négociait les virages sans ralentir, au risque de se voir entraîné dans le précipice.

Les pneus hurlaient. Une sueur glaciale dégoulinait entre ses omoplates. Sa chemise lui collait à la peau.

Quel merdier !

Le chef de corps lui avait d'emblée assené le coup de massue.

— J'irai droit au but, premier, votre passagère est Marlène Matthys.

Le silence qui avait suivi laissait penser que la communication avait été coupée.

Après quelques instants, le colonel avait embrayé, mais il ne l'écoutait plus. Il n'avait pas besoin qu'on lui en dise plus. Ses justifications, sa plaidoirie et son verdict résonnaient dans un flou lointain. Il avait compris. Il savait qui était Marlène Matthys, qui était José Peralta et quel rôle ses supérieurs lui avaient attribué. Il n'était pas nécessaire qu'on lui explique ce qu'on attendait de lui. Ni qu'on lui précise que c'était un ordre.

Il avait raccroché sans un mot et était sorti de la cabine comme un automate. Un voile rouge l'aveuglait. Il avait perdu la notion du temps et de l'espace.

Il avait regagné sa voiture. L'Alfa Romeo et son conducteur avaient disparu. Une enveloppe était logée sous les essuie-glaces de la Mercedes.

Il l'avait jetée sur le siège passager. Il savait ce qu'elle contenait. Ils avaient pensé à tout.

Il avait ouvert le coffre, s'était assuré que le GP était à sa place et l'avait glissé dans sa ceinture sans s'inquiéter du regard des promeneurs. Il avait lancé le moteur et traversé l'esplanade en prenant le sens interdit.

Il jura entre ses dents.

L'entrée d'Olias approchait. Un flot d'adrénaline bouillonnait dans ses veines.

Il maudissait sa naïveté. Il ne s'était rendu compte de rien. La garce avait bien caché son jeu. Elle s'était foutue de lui depuis le début avec ses minauderies et ses œillades complices.

Il fit irruption sur la place du village, effectua un brusque demi-tour et tira le frein à main. La Mercedes décrivit un arc de cercle avant de s'immobiliser. Il sortit et claqua rageusement la portière.

Il lui restait à localiser cette putain de maison et à terminer la mission.

Sa mission.

Marlène

Dolorès fit demi-tour et reprit la route en sens inverse.

Elle lui adressa un geste de la main et attendit que la fourgonnette ait disparu dans la pente. Le silence retomba, à peine troublé par le bruissement des feuillages et le chant des criquets.

Elle poussa le portail et pénétra dans la propriété.

Une allée gravillonnée serpentait à l'ombre de palmiers centenaires. Elle expédia le plateau-repas dans les buissons, pressa son porte-documents contre sa poitrine et remonta le sentier, les sens en éveil.

La maison apparut au détour du chemin, à une trentaine de mètres. La bâtisse était massive, flanquée d'une tour circulaire d'un côté et d'une terrasse surélevée qui surplombait la baie de l'autre.

Un homme se tenait sur le pas de la porte. Elle ne percevait que sa silhouette, voûtée, tassée.

Elle inspira profondément et progressa à pas mesurés en détaillant le quidam. Il était vêtu d'un maillot de corps sans manches et d'un pantalon clair sur lequel pendait une paire de bretelles. Une de ses mains agrippait le chambranle.

Il fronça les sourcils alors qu'elle approchait.

— Dolorès?

Elle s'abstint de répondre et scruta ses traits en cherchant des indices.

Des picotements se répandirent dans sa nuque. Les arcades proéminentes. Les yeux enfoncés dans les orbites. Pour le reste, ce n'était qu'une épave, les épaules affaissées, les bras flasques, les joues tombantes.

La moue de dédain qu'elle lui connaissait s'était atténuée. De son abondante tignasse noire, il n'avait conservé qu'une auréole de cheveux blancs. Une traînée de café maculait son maillot de corps.

Elle se l'était imaginé menaçant, brutal, sûr de son impunité. Les années et l'épreuve du temps avaient vaincu son ennemi.

Il répéta avec anxiété.

— Dolorès?

— Ce n'est pas Dolorès.

Il eut un mouvement de recul.

— Qui êtes-vous?

Elle se planta devant lui sans un mot.

Il écarquilla les yeux. Un mélange d'angoisse et d'incrédulité se peignit sur son visage. Sa main se mit à trembler sur l'encadrement de la porte.

— Marlène? C'est toi?

La haine qu'elle pensait inexpiable s'estompa. Elle s'était préparée à affronter le rexiste arrogant, le criminel bouffi d'orgueil, le père tyrannique. Ce n'était qu'un vieillard en fin de vie.

— Oui, c'est Marlène.

Il la dévisagea, confus.

— Marlène. Mon Dieu. Tu lui ressembles tellement.

Elle le coupa avec brutalité.

— Ce n'est pas ce que je suis venue entendre.

Il remua lentement la tête, empreint de compassion.

— Je sais, Marlène. Je comprends ta rancœur. Entre, j'ai des choses à te dire.

Il s'écarta pour la laisser passer et s'enfonça dans un long couloir. Elle hésita un moment, prit une goulée d'air et lui emboîta le pas. Il avait le dos arrondi et la démarche traînante. Ses épaules étaient couvertes de marques violacées.

Il pénétra dans un bureau meublé à l'ancienne. Une bibliothèque vitrée occupait le mur du fond. La table était tapissée de livres, de papiers et de quotidiens. Une baie circulaire laissait entrer une lumière orangée.

Il s'immobilisa et se retourna d'un bloc.

Sa voix se brisa.

— Je savais que tu viendrais un jour, Marlène. Je n'ai pas tué ta mère, si c'est ce que tu veux savoir. Quoi qu'on ait pu te raconter. Je te le jure.

Il était anéanti. Il ne la quittait pas des yeux, ses lèvres tremblaient.

— Dans ce cas, dis-moi la vérité.

Il contourna le bureau et s'affala dans le fauteuil, essoufflé.

— Assieds-toi.

Elle ignora l'invitation et resta debout.

Un exemplaire du *Monde* était tourné vers elle. La guerre au Proche-Orient faisait la une.

« Rive orientale du canal de Suez : les combats de blindés sont d'une violence extrême. »

Elle répéta sur le même ton accusateur.

— La vérité, c'est tout ce que je veux.

Il déglutit.

— Irène a été tuée par la Résistance.

— La Résistance ? Tu penses que je vais te croire ?

Il se pencha, ouvrit un tiroir et sortit une chemise dans laquelle se trouvaient des photos jaunies.

Il en sélectionna une et la posa devant elle.

— Il s'appelle Gilbert Venet, il était membre de la Résistance. Je ne peux pas te donner de preuves. Je peux seulement te jurer que c'est cet homme qui a tué ta mère.

Elle s'empara de l'épreuve et examina l'inconnu. Il avait les cheveux plaqués sur le crâne, le front large et des yeux perçants. Sa joue gauche était couverte d'une tache de vin qui se perdait dans sa nuque.

Elle pressentit qu'il disait vrai.

Elle jeta le cliché d'un geste méprisant.

— Pourquoi l'a-t-il tuée ?

Il bafouilla.

— C'était un meurtre gratuit, en représailles à une action que nous avions menée contre eux. Ils voulaient m'atteindre personnellement.

Il marqua un temps, chercha sa respiration.

— J'étais un guerrier solitaire. Je ne pensais qu'à

mon combat, à mes combats. Mes anciens amis et mes parents m'avaient tourné le dos. Je n'avais pas d'attaches familiales. Alors, ils s'en sont pris à Irène.

Son menton tremblait.

— Ces hommes étaient impitoyables. Ils auraient pu s'en prendre à toi aussi. Ils ont tué deux autres innocents ce jour-là, un frère, un père, des gens qui ne jouaient aucun rôle dans notre mouvement.

Ses aveux s'accordaient aux faits.

Une immense tristesse l'envahit. Elle revit sa mère accroupie à ses pieds, séchant ses larmes d'enfant, vêtue de sa robe paire sur laquelle brillait le collier de perles.

« Sois sage, Lily. À ce soir. Je t'aime. »

Elle retint un sanglot.

— Qu'est devenu ce Venet ?

Le vieillard hocha la tête avec dépit.

— Il est mort quelques jours plus tard.

De sa main, sans aucun doute.

Le sang appelle le sang.

— À t'entendre, ma mère a été victime d'un règlement de comptes entre gentils rexistes et méchants résistants. Et vous, les fascistes, les adorateurs du Führer, vous n'avez pas de sang sur les mains ? Vous n'avez tué aucun innocent ? La tuerie de Courcelles, ce n'était pas vous ? Tu n'y étais pas ? Des témoins t'ont identifié. Ils t'ont vu achever des blessés.

Il baissa la tête et murmura d'un air honteux.

— C'était la guerre, Marlène.

Elle se mit à crier, hors d'elle.

— C'était la guerre ? C'est tout ce que tu trouves à dire ? La guerre ! Et les 27 cadavres, c'étaient des soldats, des ennemis, des traîtres, des espions ?

Elle ouvrit son porte-documents, fouilla dans ses papiers et en sortit une liste.

— Paul Van Den Berghe, directeur commercial, tué le 17 août 1944. Un meurtrier ? Raoul Jacquet, agent d'affaires, tué le 17 août 1944. Un terroriste ? Pierre Harmignie, prêtre, tué le 18 août 1944. Un assassin ? Louis Godefroid, artisan, tué le 18 août 1944...

Elle s'interrompit en découvrant le nom suivant.

« PIERRE SABRE, ingénieur des mines, tué le 18 août 1944. »

Son cœur marqua l'arrêt.

Des éléments épars se bousculèrent dans sa tête, des liens se tissèrent. Tout s'éclaircissait. Dans le même temps, tout s'assombrissait.

Ils avaient tout programmé, jusqu'à ce qui allait suivre.

« Nous nous chargeons du reste. »

Alors qu'elle tentait de se ressaisir, un bruit de pas grossit dans son dos.

Sabre

La porte était ouverte. Il pénétra dans la demeure, pistolet au poing, en jetant de rapides coups d'œil autour de lui, prêt à parer une attaque.

Il perçut un mouvement dans le fond du couloir. Il pressa le pas et fit irruption dans une vaste pièce haute de plafond. Marlène Matthys se tenait au centre. Un vieil homme était avachi derrière un bureau.

Il pointa le GP dans sa direction et hurla à pleins poumons.

— Victor Matthys, levez-vous !

L'écho de sa voix se répercuta dans la maison.

Le vieillard eut un sursaut et se dressa avec empressement.

Il rabattit le chien vers l'arrière et le mit en joue.

— Victor Matthys, vous êtes un assassin, vous méritez la mort.

Victor Matthys balbutia quelques mots inintelligibles, figé au garde-à-vous, un mélange de stupeur et de terreur dans les prunelles.

À son tour, il connaissait la peur viscérale des

gens qui savent qu'ils vont mourir, celle que son père avait ressentie ce jour-là, quand Matthys s'était penché sur lui pour lui donner le coup de grâce.

Marlène entra brusquement dans son champ de vision, les yeux chargés d'effroi, les mains tendues dans un appel suppliant.

— Non, Daniel ! Arrêtez !

Il la repoussa du bras.

— Écartez-vous !

Son doigt effleura la détente.

Le temps lui parut suspendu, en apnée, comme si sa vie entière n'avait défilé que dans l'attente de cet instant.

Une sensation étrange l'envahit. Un tourbillon d'images l'enveloppa.

La tombe de son père, le visage de Catherine, Victor Matthys, la tenue noire des SS, le premier biberon de son fils, les larmes de sa mère, les rires de Marie, sa douleur inconsolable, son mariage, la haie d'honneur, son enfance orpheline.

Il appuya sur la détente.

Elle courut derrière lui dans l'allée.

— Daniel, attendez !

Des gravillons entraient dans ses chaussures et lui blessaient les pieds. Un sifflement strident lui déchirait les tympans.

Il poursuivit sa route, indifférent à son appel.

Elle s'arrêta et mit ses mains en porte-voix. Le souffle lui manquait.

— Daniel, attendez, nom de Dieu !

Des larmes lui brouillaient la vue.

Il pila et revint sur ses pas, blême de colère, les poings serrés, les traits méconnaissables.

Elle leva les bras par peur qu'il la frappe.

Il vociféra.

— Qu'est-ce que vous voulez ? Vous vous êtes foutue de moi depuis le début. Maintenant, la comédie est terminée. Vous pouvez remballer votre garde-robe, vos leçons de français et vos petites manies.

Elle se sentit rabaissée, humiliée, insultée.

La fureur l'emporta sur son désarroi.

Elle rugit comme une démente.

— N'inversez pas les rôles, Daniel. C'est vous qui m'avez bernée depuis le premier jour. Vous saviez pertinemment ce que je cherchais et ce que vous deviez faire au cas où je le trouverais. C'étaient vos ordres, non ? Vos saletés d'ordres ? Dès que cette bécasse l'aura localisé, chargez-vous de lui et tirez-lui une balle dans la tête. D'où viendrait cette arme, sinon ?

Il la scruta avec fureur.

— Vous dites des conneries.

Il se retourna et reprit sa course vers la sortie.

Elle l'attrapa par sa chemise.

— Répondez-moi au lieu de vous dérober comme chaque fois.

Il se dégagea et hurla de plus belle.

— Qu'est-ce que vous voulez que je vous dise de plus ? Ce salaud a assassiné mon père. Il l'a abattu de sang-froid. Vous l'ignoriez, sans doute ?

Elle s'égosilla.

— Oui, je l'ignorais. Je ne savais pas que votre père avait été tué à Courcelles. Je ne l'ai compris qu'il y a quelques minutes, quand j'ai parcouru la liste des victimes.

Il se figea, bouillonnant de rage, cherchant ses mots.

— Et ce qu'ils ont fait après le massacre, vous le savez ? Ils sont allés boire du champagne et raconter des blagues dans leur local de Charleroi.

— Je sais !

Il pointa la maison.

— Cette ordure aurait mérité de subir le même

sort que les autres, cloué à un poteau devant un peloton d'exécution. Dix balles dans le corps et une dans la tête.

Elle le défia avec brutalité.

— Alors, pourquoi vous ne l'avez pas tuée, cette ordure ? Pourquoi n'avez-vous pas obéi aux ordres comme un bon petit soldat ? Pourquoi avez-vous tiré à côté ? Vous avez eu un sursaut d'humanité ? Un scrupule de dernière minute ?

Il la fusilla du regard.

Ses mâchoires étaient contractées, une veine battait sur son front.

— Je n'aurais fait qu'exécuter la sentence.

— Bien sûr ! C'est la manière dont on justifie la barbarie dans votre monde. Le monde de la haine et de la justice expéditive. Le sang des condamnés n'a jamais lavé leurs crimes.

— Et dans votre monde à vous, on pardonne tout ? On peut assassiner des innocents et laisser derrière soi des veuves et des orphelins pour autant qu'on leur présente des excuses après coup ?

Un poignard lui transperça le cœur.

Comment ose-t-il?

—J'ai souffert autant que vous, Daniel.

Il hésita quelques instants, poussa un soupir agacé et désigna la maison d'un mouvement du menton.

— Vous avez encore des choses à lui dire ?

Elle hocha la tête.

— J'ai eu la réponse que je venais chercher. Le reste ne m'intéresse pas. Ce n'est plus mon père, il n'existe plus pour moi.

Il indiqua la sortie.

— Alors, venez !

Il remit sa chemise dans son pantalon, pivota sur ses talons et repartit à grandes enjambées.

Elle trottina derrière lui jusqu'au porche de la maison. Sa voiture était garée devant l'entrée. La portière côté conducteur était restée ouverte et le moteur tournait.

Il pointa l'arrière du véhicule.

— Montez !

Daniel

Il fixait la route, groggy, étranger aux réalités qui l'entouraient.

Des sentiments contradictoires l'assaillaient.

À l'instant ultime, il avait renoncé à accomplir son geste. Une force irrépressible, plus puissante que sa volonté, avait dévié sa main. Il ne pouvait s'expliquer les raisons de cette volte-face. Néanmoins, ce revirement lui procurait un profond soulagement.

Peut-on exiger d'un militaire qu'il exécute un civil ?

Sur quelle base ? En vertu de quelle loi ?

La guerre ne faisait pas rage, sa propre vie n'était pas en danger et l'homme était désarmé. Sur la foi d'une condamnation prononcée vingt-cinq ans auparavant ? La peine de mort n'était plus appliquée en Belgique depuis 1950.

Cela étant, il avait transgressé les ordres et trahi la confiance de ses supérieurs. Il aurait à répondre de son acte d'insubordination.

Comment allait-il justifier sa désertion ?

Même s'ils faisaient preuve de clémence, sa réputation en souffrirait et sa promotion serait compromise. Il ferait honte à l'ordre des sous-officiers. Honte aux lanciers. Il avait enfreint le principe intangible qu'ils inculquaient aux recrues.

« En mission, on laisse ses états d'âme au vestiaire. »

Il eut un sursaut de révolte intérieure.

Mille fois, il avait espéré croiser l'assassin de son père et mille fois, il s'était juré de l'abattre séance tenante.

Que se serait-il passé s'il avait respecté son serment ? Quel regard Catherine aurait-elle posé sur lui ? Comment aurait-il pu parler d'amour à ses enfants ? Comment aurait-il vécu avec une telle bassesse d'âme, rongé par les remords jusqu'à son dernier souffle ?

Il revint dans le présent et l'observa dans le rétroviseur.

Elle était recroquevillée sur la banquette, en proie au contrecoup. La scène tournait vraisemblablement en boucle dans sa tête. Elle revoyait son père, figé derrière le bureau, hébété, les traits ravagés par la peur, une tache sombre s'élargissant sur son pantalon.

Venait l'effroyable détonation suivie du fracas des vitres.

Et la réaction instinctive qu'il avait eue.

Une voiture le doubla en klaxonnant à tue-tête. Le conducteur lui adressa un poing vengeur en passant à sa hauteur.

Malaga se profilait au bas de la descente.

Il parcourut une centaine de mètres et se gara sur le bas-côté. Il saisit l'enveloppe posée sur le tableau de bord et en examina le contenu.

Comme il s'y attendait, il s'agissait du plan d'exfiltration. Le premier document était un croquis grossier de l'aéroport de Malaga-Costa del Sol. Une flèche indiquait l'entrée du parking longue durée. Deux billets d'avion complétaient le pli. Un Malaga-Bruxelles au nom de Marlène Matthys, départ à 16 h 15. L'autre à son nom, à destination de Francfort, départ à 18 h 10.

Il se tourna vers elle et lui tendit les papiers sans un mot.

Elle sortit de sa torpeur, lui jeta un regard absent et se saisit des documents. Elle les parcourut comme s'ils contenaient un message qu'elle ne parvenait pas à déchiffrer.

Après un moment, elle prit son billet et le considéra avec dérision.

— Ils m'ont manipulée comme une marionnette, ils m'ont menti depuis le début et je me suis laissé faire comme la dernière des connes.

Son ton était calme, sa voix étrangement grave.

Elle déchira le coupon, glissa les fragments dans l'enveloppe et la lui remit.

— Déposez-moi devant le premier hôtel et ne vous occupez pas de moi, je me débrouillerai. Vous, faites ce que vous voulez.

Il objecta sans conviction.

— Vos bagages et vos affaires sont restés à l'hôtel.

Elle rejeta la remarque.

— Je m'en fous. Je ne retournerai pas sur mes pas.

Il la dévisagea, prit le billet à son nom et le réduisit à son tour en morceaux.

Les lambeaux de papier s'entremêlèrent dans l'enveloppe.

Marlène

Elle se rencogna dans le fond de la banquette.

Une colère froide lui comprimait la poitrine. Durant des semaines, ils l'avaient bercée de discours lénifiants et de fausses promesses.

Quelle idiote !

Lors de leur dernière rencontre, ils lui avaient présenté leur plan sous des apparences élégantes, presque chevaleresques, la laissant croire qu'ils envisageaient un enlèvement à l'instar du kidnapping d'Adolf Eichmann par les services secrets israéliens.

« Nous nous chargeons du reste. »

Pour dissiper ses doutes, ils l'avaient noyée sous un torrent de considérations morales, confortant ses soupçons à mots couverts – « *de fortes présomptions le désignent comme l'assassin de votre mère* » – brandissant leur quête de justice avec des trémolos patriotiques dans la voix.

Autant d'hypocrisies, alors que la mise à mort était planifiée depuis le début.

Elle comprenait à présent ce que le « *reste* » voulait dire.

Jamais elle n'aurait dû leur faire confiance.

Les indices étaient pourtant présents. À aucun moment, ils ne lui avaient cédé le moindre document. Durant leurs entrevues, rien n'était consigné par écrit et ils changeaient d'endroit à chaque rendez-vous.

S'agissant de leurs fonctions, ils disaient travailler au sein d'un sous-département rattaché au ministère des Affaires étrangères. Bien entendu, pour des raisons de confidentialité, ils ne souhaitaient pas que leurs activités apparaissent au grand jour.

Elle avait cru à ces fadaises avec naïveté.

Ils avaient tout organisé, tout prévu.

Sauf la fin.

Même s'il restait des zones d'ombre qui demandaient à être éclairées, elle ne pouvait douter de la sincérité de Daniel. Lui aussi s'était laissé abuser. Il était le bourreau qu'ils avaient choisi pour faire le sale boulot.

Pour la énième fois, elle revit la scène et son dénouement inattendu.

Après qu'elle avait été écartée d'un revers de la main, le coup de feu avait retenti, secouant la maison.

Les vitres de la bibliothèque avaient explosé, des éclats de verre s'étaient éparpillés dans le bureau comme un nuage de grêle et son père s'était effondré, persuadé au même titre qu'elle qu'il avait cessé de vivre.

Pendant un temps qui lui avait paru interminable,

Daniel était resté immobile, le bras tendu, le pistolet fumant pointé devant lui.

Alors que l'odeur âcre de la poudre envahissait la pièce, il avait semblé se réveiller.

Il avait jeté son arme et s'était précipité vers son père comme un duelliste auprès du rival qu'il vient de vaincre.

Il s'était accroupi auprès de lui, les traits empreints de gravité. Il l'avait saisi sous les aisselles et l'avait assis contre le mur.

D'un geste mesuré, il lui avait palpé le pouls, soulevé les paupières et donné quelques tapes sur la joue. Quand son père avait rouvert les yeux, il lui avait pris la main et avait lâché «ça va aller» d'une voix étranglée. Ensuite, il avait vidé les lieux.

Elle devait à présent comprendre pour quelles raisons il s'était retenu de commettre l'irréparable.

Éric

Dans son livre *Bête noire,* paru en 2012, Éric Dupond-Moretti, le célèbre avocat pénaliste devenu ministre de la Justice, nous parle de son métier avec la verve qu'on lui connaît.

Dans l'un des chapitres, il évoque la compassion qu'il éprouve pour les victimes, et ce, même lorsqu'il est chargé de la défense des accusés.

Lors d'un procès d'assises à Draguignan, dans le Var, deux jeunes hommes avaient reconnu avoir tué et enterré l'un de leurs camarades.

Le père de la victime était venu à la barre et avait déclaré qu'il n'avait pas pu revoir le corps de son gamin après l'autopsie, mais qu'il l'avait senti bouger à l'intérieur du cercueil quand il l'avait porté pour les obsèques.

L'émotion à fleur de peau, il avait soufflé que c'était le dernier contact qu'il avait eu avec son fils.

Il avait embrayé en disant : « Quand on perd ses parents, on est orphelin, quand on perd sa femme, on est veuf, quand on perd son enfant, il n'y a pas de mot. »

Il s'était ensuite tourné vers les accusés et leur avait lancé : « Vous avez l'âge de mon fils, j'ai envie de vous prendre dans mes bras. »

L'avocat conclut : « Cet homme avait fait de sa douleur autre chose que de la haine, et cette alchimie était à la fois sublime et déchirante. »

Daniel

Ils avaient convenu qu'il la déposerait à l'aéroport d'Alicante où elle essaierait de trouver un vol pour Bruxelles, Paris ou Amsterdam.

Depuis ce bref échange, ils avaient parcouru 200 kilomètres sans desserrer les dents.

Sa fureur ne s'apaisait pas.

Il prenait peu à peu la pleine mesure de la situation. Lui aussi s'était laissé mener par le bout du nez. Il n'était qu'un pion dans une partie d'échecs dont il ne cernait pas les enjeux.

Plus il avançait dans ses réflexions, plus les interrogations surgissaient.

Son pisteur ne pouvait être un chasseur solitaire ou l'instigateur du complot. Ce n'était qu'un second couteau, un lampiste qui jouait un rôle mineur au sein d'un quelconque réseau.

Le service de Renseignement militaire ?

La Sûreté de l'État ?

Une organisation occulte ?

Quant au chef d'orchestre, c'était quelqu'un d'assez puissant pour mettre sur pied une telle machination et dicter ses volontés aux instances militaires. Brabant, Matton et consorts n'avaient pas eu leur mot à dire. Ils étaient comme lui, des pigeons, des exécutants. Eux aussi s'étaient mis au garde-à-vous et avaient obéi aux ordres. Peut-être même ignoraient-ils le but réel de l'opération.

Ce qui signifiait qu'elle avait été programmée en haut lieu.

En très haut lieu.

Par des gens bien renseignés qui connaissaient son passé et savaient qu'en actionnant le levier de la vengeance, ils pourraient le pousser à exécuter leur cible sous le coup de la colère.

Mais pourquoi rendre ce meurtre aussi flagrant ?

S'il avait accompli son geste, la police espagnole n'aurait eu aucun mal à l'identifier, il avait semé des indices tout au long de la route. Il leur aurait suffi de remonter sa piste. Il s'était enregistré dans les hôtels. La Mercedes avait été louée à son nom et avait été vue dans plusieurs stations-service sur le trajet. Les flics qui l'avaient contrôlé à Lorca se seraient souvenus de lui, au même titre que les gens qu'il avait croisés à Olias. La voiture aurait été retrouvée à l'aéroport de Malaga et le billet d'avion était à son nom.

Le crime aurait été signé et l'auteur identifié.

Pourquoi une telle mise en scène alors qu'une intervention discrète aurait fait l'affaire ?

Une fois Matthys localisé, ils auraient pu laisser s'écouler quelques semaines et mandater un tueur à gages. La méthode avait été plus d'une fois utilisée lors de l'indépendance du Congo dans le but d'éviter que l'État belge ne soit accusé de crime.

Tout procédait d'un choix délibéré. Lequel ?

Il s'engagea dans une bretelle d'accès à une station-service. Il était près de 17 heures, il n'avait rien mangé depuis le matin, mais n'avait pas faim. En revanche, l'envie de fumer le démangeait.

Il se retourna.

— Vous avez faim ? Soif ?

Elle parut surprise.

— Une eau, s'il vous plaît. Rien d'autre.

Une fois le plein fait, il se gara devant la boutique, sortit et alluma une cigarette.

Les questions continuaient à se télescoper dans sa tête. À l'heure qu'il était, tous les échelons de la pyramide devaient être au courant de sa défection.

Comment allait-il être accueilli à son retour ?

Et elle ?

Il jeta un coup d'œil vers la voiture. Elle était prostrée sur la banquette, le regard dans le vague. Il eut un élan de compassion pour elle. Il la sentait sincère et désemparée.

Peut-être était-elle plus à plaindre que lui.

Comment en était-elle arrivée là ?

Et comment allait-elle réagir ? Bouillonnante comme il la connaissait, elle était capable d'ameuter la presse en criant à la conspiration. Quand bien même, quel crédit lui accorderait-on ? Elle n'avait aucune preuve à avancer.

Il écrasa sa cigarette, acheta deux bouteilles de Vichy et revint à la voiture.

Alors qu'il reprenait l'autoroute, elle murmura du bout des lèvres.

— J'avais 12 ans quand j'ai appris qui était mon père.

Daniel

Elle s'interrompit et marqua une pause. Le bruit du moteur sembla enfler dans l'habitacle, la tension était perceptible.

Il se retint d'intervenir. Les confessions mûrissent dans le silence.

Elle reprit avec une émotion contenue.

— C'était en novembre 1947. J'ai été convoquée au ministère de la Justice. J'ai pris le train pour Bruxelles. Une nonne m'accompagnait. Je tremblais de tout mon corps.

Sa poitrine se soulevait sous l'effort.

— Un an avant, un fonctionnaire était venu au pensionnat pour m'annoncer qu'il était fort possible que ma mère ait été déportée en Allemagne et qu'elle soit morte là-bas.

Il l'écoutait en respirant par petites saccades, la tête légèrement penchée vers l'arrière. Sa nuque était tendue, les muscles de ses épaules contractés.

Elle poursuivit d'un ton amer.

— J'ai été reçue par deux ronds-de-cuir qui m'ont brossé le portrait de mon père. Ils m'ont appris qu'il avait été le bras droit de Léon Degrelle, qu'il avait épousé la cause nazie et avait été un grand admirateur d'Hitler. Certains prétendaient qu'il était le Goebbels belge, en plus lâche.

Elle but une gorgée d'eau.

— Avant ce jour, je ne m'étais jamais préoccupée de son sort. Je pensais qu'il avait été tué pendant la guerre. Je ne savais pas qui étaient Degrelle et Goebbels. Ils ont continué leur monologue en me disant que mon père avait été le chef par intérim de Rex pendant que ce Degrelle se battait sur le front de l'Est. J'avais l'impression qu'ils me racontaient une histoire qui ne me concernait pas. Je n'avais aucune idée de ce qu'était Rex. Je me suis demandé s'ils ne s'étaient pas trompés de personne. Ils ont persévéré sans s'inquiéter de l'impact de leur confession. En tant que collaborateur, mon père avait pris une part active dans les dénonciations et était responsable de la déportation de nombreux innocents vers les camps de concentration. En conclusion, ils ont déclaré qu'il avait été l'instigateur de la tuerie de Courcelles dont le procès des auteurs venait de se terminer et qu'il était en fuite.

Elle se tut quelques instants.

— Le tout en moins de cinq minutes. J'avais 12 ans.

Il entrouvrit la fenêtre.

Sa chemise lui collait à la peau. Le jour commençait à décliner. La chaleur était toujours pesante dans l'habitacle.

Des souvenirs amers refirent surface. Il avait traversé les mêmes affres qu'elle. Il se revit à l'université, penché sur de vieux articles de presse, découvrant avec révulsion la fin ignominieuse qu'avait vécue son père.

Il aurait pu compléter son récit, il connaissait l'histoire par cœur.

Le 10 novembre 1947, 27 rexistes accusés d'avoir participé à la tuerie de Courcelles avaient été fusillés dans la cour de la gendarmerie de Charleroi devant 500 spectateurs impatients – dont sa mère, ce qu'il apprendrait plus tard.

Parmi les responsables du bain de sang, quelques-uns manquaient à l'appel, dont Victor Matthys, l'organisateur du massacre, ainsi que son chef de file, Léon Degrelle, tous deux en fuite.

Un panneau indicateur l'informa qu'il restait 225 kilomètres à parcourir avant d'atteindre Alicante.

Quelques minutes s'écoulèrent.

Elle reprit son souffle.

— Je suis sortie de ce bureau anéantie. Je me sentais souillée. Je rasais les murs. J'évitais le regard de la nonne. J'avais le sentiment d'avoir une tache sur le front. J'ai passé la pire nuit de ma vie. Les jours qui ont suivi, la honte n'a fait que se renforcer. Le seul fait de porter son nom me répugnait. J'ai décidé que je m'appellerais dorénavant Marlène Renaert, le nom de jeune fille de ma mère. Après les déclarations des bureaucrates, j'étais persuadée que mon père était responsable de la déportation de ma mère.

Il avait l'impression qu'elle retraçait cette histoire pour la première fois.

Il jeta un coup d'œil dans le rétroviseur et l'encouragea.

— Continuez.

Elle soupira.

— À mes 25 ans, je me suis mise en tête qu'on m'avait menti, que ma mère était vivante. J'ai entamé un tas de recherches. Je suis allée en Allemagne, en France, en Angleterre, en Suisse. J'étais persuadée d'avoir trouvé une piste quand la nouvelle est tombée, il y a quatre ans. Le corps de ma mère avait été retrouvé, enterré dans la périphérie de Bruxelles. Elle avait été abattue d'une balle dans la nuque. Deux autres cadavres avaient été découverts à proximité. J'ai tout de suite pensé que c'était mon père qui l'avait tuée. Alors, j'ai voulu savoir. Je suis allée d'administration en administration, de ministère en ministère. Une bonne partie de mon temps libre y passait. Avec l'aide de mon mari, j'ai rassemblé un tas de documents sur lui et son parcours au sein des rexistes. Il y a deux ans, en octobre 1971, un homme a pris contact avec moi. Il disait avoir eu connaissance de mes démarches. Il m'a fait rencontrer ses collègues. Ils m'ont appris que mon père se cachait en Espagne. Comme moi, ils voulaient le débusquer pour qu'il réponde de ses actes.

Cela aussi, il le savait.

Léon Degrelle et Victor Matthys se terraient quelque part en Espagne, c'était de notoriété publique.

À plusieurs reprises, la Belgique avait réclamé l'extradition des deux hommes. L'Espagne franquiste avait à chaque fois refusé. D'autres demandes avaient été introduites en 1958 et 1970. Les deux fugitifs avaient entretemps reçu la nationalité espagnole et étaient protégés.

Si Matthys se faisait discret, il n'en allait pas de même pour Degrelle. Il avait réapparu en décembre 1954, à Madrid, lors d'une cérémonie de remise de décorations à d'anciens combattants du front de l'Est. À cette occasion, il s'était même fendu d'une interview à un grand quotidien espagnol.

En 1971, pour ses 65 ans, il avait organisé une soirée à Monaco et invité quelques-uns de ses ex-collaborateurs venus de tous les coins du monde.

Il serra les poings.

La colère se rallumait dans ses veines.

Une partie de son ressentiment était dirigée contre lui. Plus d'une fois, il s'était promis de traquer l'assassin de son père. Chaque fois, c'était resté à l'état de vœu pieux. Contrairement à lui, elle avait eu le courage d'aller au-delà de l'intention.

Elle s'éclaircit la gorge.

— Mes recherches m'ont permis de retrouver la patronne de ma mère, Olga Schneider, la femme que j'ai rencontrée à Lyon. De leur côté, ils ont réussi à localiser l'ex-rédacteur de leur torchon, Régis Bertels, planqué près de Perpignan. Leur marché était simple, si je parlais à ces deux personnes et que je parvenais à découvrir l'endroit où se cachait mon père, j'aurais la réponse à ma question et je saurais ce qui était arrivé à ma mère. En contrepartie, ils me demandaient de leur communiquer le lieu de son refuge pour qu'ils puissent se charger de la suite. Ils m'ont fait croire qu'ils comptaient l'enlever pour le traduire devant la justice belge. Pour ce faire, ils étaient prêts à tout mettre en œuvre pour m'aider. Y compris à engager un homme de confiance pour m'accompagner.

Il prit conscience de l'ampleur de la manipulation.

Un véritable travail de fourmi, fait d'intoxications, de mensonges et de dissimulations. Un plan qui avait dû prendre des mois d'élaboration, depuis leur premier contact avec elle jusqu'à sa convocation récente dans le bureau du chef de corps.

Elle se redressa sur la banquette et sortit de son abattement.

— Vous savez tout. Maintenant, j'ai besoin de reprendre haleine. Vous voulez bien vous arrêter quelque part, Daniel ? J'ai envie de voir la mer, de regarder le ciel et de respirer l'air frais.

Marlène et Daniel

Il sortit à hauteur d'Águilas et prit la direction de la côte.

Après avoir contourné la ville, il emprunta une route sinueuse qui longeait le littoral. La voie semblait peu fréquentée. De temps à autre, des sentiers piétonniers conduisaient à la mer.

Il parcourut quelques kilomètres sans croiser de véhicules. Il poursuivit jusqu'à une aire de stationnement aménagée sous les palmiers et se faufila entre les arbres. Il se gara à l'ombre et coupa le moteur.

Le silence s'installa, ouaté, assourdissant.

Quelques minutes s'écoulèrent. Un flot d'émotions déferlait en lui.

Tassée sur la banquette, elle revisionnait le film de la journée. Les événements lui paraissaient hors d'atteinte, insaisissables, irréels.

La tête lui tournait, ses jambes étaient engourdies. Elle sortit de la voiture, fit quelques pas pour se délier les muscles et regarda autour d'elle. Le parking était vide, la plage déserte. Le soleil ne tarderait pas à disparaître derrière les collines. Une douce chaleur lui enveloppait les épaules.

Elle ôta ses chaussures et se dirigea vers la mer. Ses pieds s'enfonçaient dans le sable tiède. Un vent parfumé lui caressait le visage.

Elle était seule au monde.

Il la regarda s'éloigner et s'extirpa à son tour de la Mercedes. Adossé contre la portière, il alluma une cigarette, aspira une longue bouffée et exhala la fumée par les narines.

La confusion régnait dans son esprit.

La scène continuait à tourbillonner dans sa tête. Il revoyait Matthys, paralysé de terreur, attendant sa mort. Il était passé à un doigt de tuer un homme. Ôter une vie, c'est ôter la sienne.

Il jeta son mégot et l'enfouit dans le sable. Son regard parcourut la plage à la recherche de sa présence.

Il ressentit un choc.

Elle était entrée dans l'eau jusqu'à la poitrine et continuait à avancer vers le large.

Il se précipita.

— Marlène !

Elle se retourna et le vit accourir, l'air anxieux. Elle revint vers le rivage. Sa robe était trempée et lui moulait le corps.

Il s'arrêta à sa hauteur, le souffle court.

— Ça va, Marlène ?

Du revers de la main, elle essuya les larmes qui roulaient sur ses joues.

— Ça va, Daniel. J'avais besoin de me sentir vivante. Ne vous inquiétez pas.

Il parut soulagé.

— Un moment, j'ai cru... J'ai eu peur...

Il l'observait avec un mélange de surprise et de fascination. Ses traits s'étaient radoucis et ses yeux brillaient d'un éclat particulier.

Elle avança la tête.

Leurs lèvres s'effleurèrent.

Elle esquissa un mouvement de recul. Il la saisit par la taille et l'emprisonna dans ses bras. Leurs bouches s'unirent, leurs langues se mêlèrent.

Elle le sentit palpiter contre son ventre. Une envie dévorante la prit. Elle s'arracha à l'étreinte, défit sa ceinture et libéra son membre. D'une main fiévreuse, elle en éprouva la force, le stimula entre ses doigts.

Une onde de chaleur se propagea dans son corps. Elle retira sa robe à la hâte, dégrafa son soutien-gorge et se débarrassa du reste.

Il lui emprisonna les seins, les mordit à pleine bouche. Elle gémit. Ivre de désir, il glissa une main entre ses cuisses, s'insinua entre ses lèvres et la fouilla sans ménagement. Elle s'ouvrit pleinement à la caresse, lui prit les doigts et les enfouit dans sa bouche, baignés de son humeur.

Ses dernières défenses cédèrent.

— Prends-moi.

Il la souleva du sol.

Elle s'accrocha à son cou, noua les jambes autour de sa taille et cambra les reins pour l'accueillir au plus profond d'elle.

D'une poussée, il bascula le bassin et la pénétra.

Elle s'enhardit, l'encouragea.

— Plus fort.

Il émit un grognement, lui assena de puissants coups de reins. Le corps pesant, la respiration haletante, il l'envahissait, se dérobait, l'envahissait encore.

Leurs gestes étaient brusques, âpres, désordonnés, leur étreinte d'une violence bestiale.

Le va-et-vient s'accentua. Un orgasme libérateur monta en elle. Elle lâcha un cri rauque tandis qu'un torrent de volupté l'emportait.

Au paroxysme de l'excitation, sa voix se perdit dans un râle.

— Maintenant, viens.

Marlène

Elle l'observait à la dérobée.

Son profil avait remplacé sa nuque. Sa moustache semblait plus épaisse et son menton plus volontaire. À part ce changement d'angle, son maintien ne variait pas. Il était figé sur son siège, le dos raide, les yeux fixés sur la route.

Elle tentait de comprendre ce qui leur était arrivé sans parvenir à cerner les raisons de ce déchaînement soudain.

Était-ce un exutoire à leur colère ?

Un trop-plein d'émotions ?

L'assouvissement d'une pulsion de vie ?

Au final, il semblait plus embarrassé qu'elle. Après avoir bredouillé quelques excuses en fuyant son regard, il s'était rhabillé et était retourné à la voiture pour se réfugier dans un mutisme obstiné. Elle était montée à ses côtés sans attendre son assentiment et était d'emblée revenue au vouvoiement pour lever toute équivoque.

— Vous ne me devez aucune excuse. Nous avons

cédé à une faiblesse passagère. Et j'étais consentante.

Il avait grommelé entre ses dents et repris la route.

Depuis, il ignorait sa présence.

Présence d'autant plus encombrante qu'excepté le veston qu'elle avait jeté sur ses épaules, elle était vêtue de ses seuls sous-vêtements. Sa robe séchait sur la banquette arrière et ne serait pas mettable à leur arrivée à Alicante. Pour ajouter à son malaise, il devrait courir les boutiques de l'aéroport pour lui trouver de quoi pouvoir sortir de la voiture.

En plus du choc qu'il avait subi chez son père, de leurs ébats sexuels impromptus et de son avenir incertain, il devait éprouver un sentiment de culpabilité vis-à-vis de sa femme.

Elle soupira bruyamment pour attirer son attention.

— J'aimerais vous dire quelque chose, Daniel.

Il s'agita sur le siège.

— Quoi ?

— J'ai perdu le contrôle de moi-même, je suis désolée. En ce qui me concerne, ce qui s'est passé entre nous restera strictement...

Il la coupa d'un ton sec.

— ... strictement entre nous, merci. Vous avez peur que j'aille raconter cette histoire à votre mari ?

Sa réaction la laissa muette.

Elle masqua son indignation et attendit de reprendre son souffle.

— Vous faites fausse route, Daniel. J'ai été mariée pendant quarante-sept jours. Le 48e jour, j'ai découvert le corps de mon mari en rentrant du travail.

Il accusa le coup, cligna plusieurs fois des yeux.

— Je suis désolé, Marlène.

Il lissa sa moustache pour masquer son trouble.

— Que s'est-il passé ?

— Il avait été opéré d'une banale appendicite. L'artère abdominale avait été touchée pendant l'intervention et le chirurgien ne s'en était pas rendu compte.

Il lui prit la main, la serra dans la sienne.

— Pardonnez-moi. Je suis un imbécile.

Elle rassembla ses restes de courage et inspira.

— C'était un homme extraordinaire.

Elle marqua une pause, tenta de contrôler sa respiration.

— Il enseignait l'histoire à l'athénée. Ses élèves l'adoraient. Ils ont formé une haie d'honneur à notre mariage. Je m'en souviens comme si c'était hier.

Son épanchement spontané la surprit. Elle ne parlait jamais de Jacques. À personne. Encore moins avec un tel lyrisme.

Elle céda à la nostalgie.

— Je suis tombée amoureuse en suivant un de ses cours, par hasard, j'avais une heure de battement. Je n'avais jamais fait attention à lui. C'était un conteur hors pair. Dans sa bouche, la moindre anecdote prenait des allures de roman foisonnant. Il connaissait le déroulement de la Seconde Guerre mondiale sur le bout des doigts. Il pouvait retracer les bombardements de Coventry ou de Dresde avec la même objectivité, sans sombrer dans le parti pris ou le manichéisme.

Elle se remémora l'un de ses leitmotivs.

— Il disait que l'on ne naît pas héros ou salaud, que l'humanité n'est pas partagée entre gentils et méchants. Le bien et le mal cohabitent en chacun de nous, l'un a toujours attiré l'autre. À l'aide d'exemples, il montrait qu'en marge des plus grandes catastrophes, des actes de pur altruisme avaient été réalisés. Mais aussi que bien des gens d'exception avaient connu une mort violente.

Elle s'arrêta, la gorge nouée.

— J'aurais aimé avoir un enfant de lui.

Il continuait à regarder droit devant lui.

Elle le sentait ému.

Elle le revit, l'arme pointée, puis se précipitant pour venir en aide à son père.

— Il arrive que l'on soit confronté à ce choix douloureux, laisser s'exprimer le pire ou le meilleur qui est en nous. La décision nous appartient, Daniel. Ce qui fait la grandeur de l'homme, c'est sa faculté à surmonter sa haine, sa jalousie ou sa colère.

Daniel

Il ressortit en coup de vent de l'aéroport d'Alicante, trois robes suspendues à des cintres flottant dans son sillage tel un drapeau tricolore.

Il pénétra dans le parking et se faufila entre les voitures.

Arrivé devant la Mercedes, il se posta du côté passager, et lui fit signe d'ouvrir la fenêtre.

Il adopta une pose solennelle et brandit ses achats à bout de bras.

— Comment vous trouvez ?

Elle détailla les robes avec amusement.

— Jolies. Une suffisait.

Il lui adressa un clin d'œil.

— C'est l'armée belge qui régale.

— Dans ce cas... Passez-moi la rouge.

Il lui tendit la robe et détourna le regard pendant qu'elle l'enfilait.

— J'ai consulté les horaires. Il y a un vol pour Amsterdam à 19 h 15, un autre pour Bruxelles à 21 h 30.

— Merci. J'attendrai le deuxième.

Elle sortit de la voiture et effectua une virevolte.
— Alors?
Il l'inspecta d'un air admiratif.
— Vous êtes superbe.
Elle saisit son porte-documents et le serra contre sa poitrine.
— Voilà, Daniel, je m'en vais.
— O.K. Vous n'avez besoin de rien d'autre?
Il prit conscience qu'il sombrait dans les banalités.
— Non, je ne pense pas. Je suis habillée, j'ai mes papiers, j'ai de l'argent, j'ai ce qu'il me faut.
— Bien.
Ils restèrent un moment silencieux, face à face, ne sachant que dire. Il se sentait gauche, maladroit, ridicule.
Après un temps qui lui parut interminable, elle prit l'initiative.
— Je dois vous dire merci, Daniel.
— Pourquoi?
— Pour beaucoup de choses. Mais surtout, vous m'avez réconciliée avec moi-même. Je pensais que ma vie de femme était finie.
Il balaya l'idée en haussant les épaules.
— Vos meilleures années vous attendent, Marlène. Ayez confiance en l'avenir.
Il hésita avant d'ajouter à mi-voix, comme à regret.
— Je voudrais aussi vous remercier. Grâce à vous, je vais pouvoir enterrer la hache de guerre.
Elle lui sourit avec tendresse.

— On dit que les gens brisés sauvent les gens brisés.

Elle se hissa sur la pointe des pieds et l'embrassa sur la joue.

— Au revoir, grand homme.

Daniel

Il était minuit passé quand il atteignit la frontière française.

Hormis un rapide plein de carburant à Barcelone, il avait roulé sans s'arrêter, sans manger, sans fumer, les yeux fixés sur la route, ses pensées en roue libre.

Il salua les douaniers et alluma le poste radio. L'habitacle lui semblait étrangement vide. Après avoir tourné la molette en tous sens, il parvint à capter une station.

« Les Syriens annoncent le bombardement d'Haïfa. Dans le Golan, les combats acharnés se poursuivent, les pertes sont lourdes de part et d'autre... »

Il reprit ses recherches.

La voix grave et enrouée de Louis Armstrong emplit l'habitacle.

Louis

What a wonderful world...

Qui n'a jamais fredonné cet air ?

Dans cette chanson, enregistrée à Las Vegas en 1967, Louis Armstrong s'émerveille de la beauté du monde.

Composé alors que la guerre du Vietnam faisait rage et que Martin Luther King luttait pour les droits civiques, le titre était censé apporter un vent de paix, d'espoir et d'enthousiasme dans le paysage tourmenté.

Les couleurs de l'arc-en-ciel
Si jolies dans le ciel
Sont aussi sur les visages des passants.
Je vois des amis se serrer la main,
Se dire « comment vas-tu ? »
En réalité, ils se disent « je t'aime ».

Pour s'assurer que les musiciens qui l'accompagnaient soient correctement rémunérés, Louis

Armstrong n'avait demandé que 250 dollars pour sa prestation.

Le morceau a d'emblée rencontré le succès en Grande-Bretagne où l'interprète de 66 ans fut l'artiste le plus âgé à conquérir la première place des *charts.* La chanson ne connut la consécration aux États-Unis que vingt ans plus tard, en 1988, quand elle apparut dans la bande-son du film *Good Morning, Vietnam.*

Et je me dis tout bas
Quel monde merveilleux...

Martin Luther King a reçu le prix Nobel de la paix en 1964.

Il a été assassiné à Memphis le 4 avril 1968.

Épilogue

Elle redescendit les marches, aidée par le prêtre qui la soutenait par un bras. Après avoir maugréé quelques mots de remerciements à son égard, elle suivit l'allée centrale vers la sortie sans un regard pour les gens qui ne la quittaient pas des yeux.

Ils ne peuvent pas comprendre.

Elle avait senti sa présence dans le cercueil. Le lien qui les unissait était à présent brisé.

Les souvenirs ressurgissaient, fragmentés, confus. Une immense tristesse l'envahissait, même si elle ne l'avait plus revu depuis ce dimanche d'octobre 1973.

Elle avait écrit la fin de l'histoire pendant le vol de retour. À son arrivée à Bruxelles, elle avait glissé le cahier dans une enveloppe à l'attention d'Irène Renaert, sans autre mention ni adresse, et l'avait abandonnée dans une boîte aux lettres.

Ce simple geste l'avait libérée d'un poids immense.

Quelques jours plus tard, un cessez-le-feu avait été signé au Moyen-Orient et la guerre s'était achevée.

Une autre allait suivre.

Puis une autre encore.

Sa première lettre lui était parvenue en novembre.

Elle était concise et factuelle.

Quand il était rentré à Düren, il avait pris les devants et proposé un marché à ses supérieurs ; son silence contre sa démobilisation à court terme. À mots couverts, et sans trahir les instigateurs du complot, ils avaient reconnu avoir été manipulés et avaient accepté. Il dressait ensuite sa théorie personnelle sur l'affaire. Selon lui, la cible réelle de l'opération était Léon Degrelle. L'exécution programmée de son père n'avait pour but que de le réduire à une vulgaire monnaie d'échange.

« Vous extradez Degrelle, en contrepartie, nous vous livrons l'assassin de votre concitoyen José Peralta, alias Victor Matthys. »

La somme d'indices qu'*ils* avaient volontairement laissés sur le terrain en attestait. En plus d'avoir tué un homme sur commande, il aurait passé vingt ans dans les geôles espagnoles.

Elle n'avait pas répondu, estimant ce scénario peu crédible.

Le temps lui avait néanmoins donné raison.

D'une part, *ils* n'avaient pas repris contact avec elle, de l'autre, leur pseudo-plan d'enlèvement n'avait pas été mis en œuvre. Son père était mort d'un cancer deux ans plus tard. Léon Degrelle, quant à lui, avait été victime d'une insuffisance cardiaque en 1994, à 87 ans, sans avoir été inquiété par la justice.

Une deuxième lettre était arrivée en automne 1974.

Il avait quitté l'armée et était rentré en Belgique. Il était fier de lui apprendre qu'il avait changé d'orientation. Après avoir travaillé comme second de cuisine dans une brasserie bruxelloise, il avait ouvert son propre établissement avec sa femme. Un resto sans chichis, lui aux fourneaux, elle au service. Les débuts s'annonçaient prometteurs.

Elle l'avait félicité et lui avait souhaité bonne chance.

Un an avait passé, sa rancœur s'était apaisée.

Selon un proverbe bouddhiste, quand l'élève est prêt, le maître apparaît. Fin 1975, Philippe était entré dans sa vie. Ils s'étaient mariés un an plus tard. Deux adorables filles étaient nées de leur union : Irène, en 1977, Édith, en 1979.

Elle lui avait écrit à chacune de ces occasions.

Les lettres s'étaient espacées. Pourtant, un lien indéfectible semblait les sceller à jamais. Elle le sentait plus proche d'elle et se sentait plus proche de lui à chaque courrier, chacun s'ouvrant plus intimement à l'autre, libérés de la pudeur excessive ou des faux-semblants que la proximité et les bons usages imposaient.

Elle n'aurait pu dire s'il s'agissait d'un attachement nostalgique, d'une complicité tacite ou d'une amitié aux couleurs de l'amour.

Le 21 octobre était leur jour, leur secret, le moment où leurs pensées se rejoignaient, le jour où leurs corps et leurs âmes tout entières s'étaient unis.

Elle n'avait jamais cherché à le revoir. Elle voulait le garder intact dans son cœur et espérait qu'il la garde intacte dans le sien.

En septembre, Philippe l'avait quittée, emporté par le fléau qui avait ravagé la planète. Il l'avait rendue heureuse pendant plus de quarante ans, même s'il n'avait jamais remplacé Jacques.

Elle poussa la porte de l'église. La lumière l'éblouit. Elle discerna la tache jaune au bas des marches. Son taxi l'attendait sur le parvis.

Quelqu'un la héla dans son dos.

— Madame ?

Elle se retourna.

Un géant d'une cinquantaine d'années la dévisageait.

— Oui ?

Il bafouilla.

— Vous êtes Marlène ?

— Oui, jeune homme. Pourquoi ?

— Mon père m'a dit que vous viendriez sûrement.

Il fouilla dans sa poche.

— Il m'a demandé de vous remettre ceci.

Il lui tendit un mouchoir. Les initiales DS étaient brodées dans l'un des coins. Un objet était posé dans son creux. Elle soupesa la chevalière avant de la refermer dans sa main et de la porter contre son cœur.

— Merci.

Elle fit volte-face.

Le chauffeur de taxi l'avait aperçue et était sorti de son véhicule.

Elle l'interpella d'un ton cassant.

— C'est bon, je suis encore capable d'ouvrir une portière.

DU MÊME AUTEUR

Aux Éditions Hervé Chopin

UN MONDE MERVEILLEUX, 2022, Folio Policier n° 999.

TOUTE LA VIOLENCE DES HOMMES, 2020, Folio Policier n° 964.

UN JOUR COMME LES AUTRES, 2019, Folio Policier n° 906.

Chez Fleuve éditions

ZANZARA, 2017.

CONCERTO POUR 4 MAINS, 2015, Pocket.

À la Manufacture de livres

L'AVOCAT, LE NAIN ET LA PRINCESSE MASQUÉE, 2014, Pocket.

UN LONG MOMENT DE SILENCE, 2013, Folio Policier n° 728.

BACK UP, 2012 (réédité en 2019), Folio Policier n° 685.

Aux Éditions Krakoen

LE BAISER DE L'OMBRE, roman, 2010.

LE MYSTÈRE KRAKOEN, nouvelles, 2010.

ONZE BALLES PERDUES, nouvelles, 2010.

LE VALET DE CŒUR, roman, 2010 (réédition de QUATRE VALETS ET UNE DAME).

LA TROISIÈME VAGUE, roman, 2009.

Chez Seff éditions

QUATRE VALETS ET UNE DAME, roman, 2005.

CLAIRS OBSCURS, roman, 2003.

LE SEIZIÈME PASSAGER, roman, 2002.

LES SANGLOTS LONGS, roman, 2002.

Chez d'autres éditeurs

DISTORSIONS HARMONIQUES, Éditions 12-21, 2017.

UN PARFUM D'AMERTUME, Pocket, 2016 (réédition du VALET DE CŒUR)

POLYCHROMES, nouvelles, Éditions Écorce, 2011.

SUN TOWER, roman, MMS éditions, 2007.

FENÊTRES SUR COURT, nouvelles, MMS éditions, 2006.

COLLECTION FOLIO POLICIER

Dernières parutions

649.	Gabriel Trujillo Muñoz	*Mezquite Road*
650.	Boileau-Narcejac	*L'âge bête*
651.	Anthony Bourdain	*La surprise du chef*
652.	Stefán Máni	*Noir Océan*
653.	***	*Los Angeles Noir*
654.	***	*Londres Noir*
655.	***	*Paris Noir*
656.	Elsa Marpeau	*Les yeux des morts*
657.	François Boulay	*Suite rouge*
658.	James Sallis	*L'œil du criquet*
659.	Jo Nesbø	*Le léopard*
660.	Joe R. Lansdale	*Vanilla Ride*
661.	Georges Flipo	*Le commissaire n'aime point les vers*
662.	Stephen Hunter	*Shooter*
663.	Pierre Magnan	*Élégie pour Laviolette*
664.	James Hadley Chase	*Tu me suivras dans la tombe*
665.	Georges Simenon	*Long cours*
666.	Thomas H. Cook	*La preuve de sang*
667.	Gene Kerrigan	*Le chœur des paumés*
668.	Serge Quadruppani	*Saturne*
669.	Gunnar Staalesen	*L'écriture sur le mur*
670.	Georges Simenon	*Chez Krull*
671.	Georges Simenon	*L'inspecteur Cadavre*
672.	Kjetil Try	*Noël sanglant*
673.	Graham Hurley	*L'autre côté de l'ombre*
674.	John Maddox Roberts	*Les fantômes de Saigon*
675.	Marek Krajewski	*La peste à Breslau*
676.	James Sallis	*Bluebottle*
677.	Philipp Meyer	*Un arrière-goût de rouille*
678.	Marcus Malte	*Les harmoniques*

679. Georges Simenon — *Les nouvelles enquêtes de Maigret*
680. Dashiell Hammett — *La clé de verre*
681. Caryl Férey – Sophie Couronne — *D'amour et dope fraîche*
682. Marin Ledun — *La guerre des vanités*
683. Nick Stone — *Voodoo Land*
684. Frederick Busch — *Filles*
685. Paul Colize — *Back up*
686. Saskia Noort — *Retour vers la côte*
687. Attica Locke — *Marée noire*
688. Manotti – DOA — *L'honorable société*
689. Carlene Thompson — *Les ombres qui attendent*
690. Claude d'Abzac — *Opération Cyclope*
691. Joe R. Lansdale — *Tsunami mexicain*
692. F. G. Haghenbeck — *Martini Shoot*
693. *** — *Rome Noir*
694. *** — *Mexico Noir*
695. James Preston Girard — *Le Veilleur*
696. James Sallis — *Bête à bon dieu*
697. Georges Flipo — *Le commissaire n'a point l'esprit club*
698. Stephen Hunter — *Le 47ᵉ samouraï*
699. Kent Anderson — *Sympathy for the Devil*
700. Heinrich Steinfest — *Le grand nez de Lilli Steinbeck*
701. Serge Quadruppani — *La disparition soudaine des ouvrières*
702. Anthony Bourdain — *Pizza créole*
703. Frederick Busch — *Nord*
704. Gunnar Staalesen — *Comme dans un miroir*
705. Jack Ketchum — *Une fille comme les autres*
706. John le Carré — *Chandelles noires*
707. Jérôme Leroy — *Le Bloc*
708. Julius Horwitz — *Natural Enemies*
709. Carlene Thompson — *Ceux qui se cachent*
710. Fredrik Ekelund — *Le garçon dans le chêne*
711. James Sallis — *Salt River*
712. Georges Simenon — *Cour d'assises*

713. Antoine Chainas — *Une histoire d'amour radioactive*
714. Matthew Stokoe — *La belle vie*
715. Frederick Forsyth — *Le dossier Odessa*
716. Caryl Férey — *Mapuche*
717. Franck Bill — *Chiennes de vies*
718. Kjell Ola Dahl — *Faux-semblants*
719. Thierry Bourcy — *Célestin Louise, flic et soldat dans la guerre de 14-18*
720. Doug Allyn — *Cœur de glace*
721. Kent Anderson — *Chiens de la nuit*
722. Raphaël Confiant — *Citoyens au-dessus de tout soupçon…*
723. Serge Quadruppani — *Madame Courage*
724. Boileau-Narcejac — *Les magiciennes*
725. Boileau-Narcejac — *L'ingénieur aimait trop les chiffres*
726. Inger Wolf — *Nid de guêpes*
727. Seishi Yokomizo — *Le village aux Huit Tombes*
728. Paul Colize — *Un long moment de silence*
729. F. G. Haghenbeck — *L'Affaire tequila*
730. Pekka Hiltunen — *Sans visage*
731. Graham Hurley — *Une si jolie mort*
732. Georges Simenon — *Le bilan Malétras*
733. Peter Duncan — *Je suis un sournois*
734. Stephen Hunter — *Le sniper*
735. James Sallis — *La mort aura tes yeux*
736. Elsa Marpeau — *L'expatriée*
737. Jô Soares — *Les yeux plus grands que le ventre*
738. Thierry Bourcy — *Le crime de l'Albatros*
739. Raymond Chandler — *The Long Goodbye*
740. Matthew F. Jones — *Une semaine en enfer*
741. Jo Nesbø — *Fantôme*
742. Alix Deniger — *I cursini*
743. Anders Bodelsen — *Septembre rouge (Rouge encore)*
744. Patrick Pécherot — *La saga des brouillards*
745. Thomas H. Cook — *Secrets de famille*

746.	Ken Bruen	*Chemins de croix*
747.	David Ellis	*La comédie des menteurs*
748.	Boileau-Narcejac	*À cœur perdu (Meurtre en 45 tours)*
749.	Boileau-Narcejac	*Le mauvais œil* suivi d'*Au bois dormant*
750.	Ingrid Astier	*Angle mort*
751.	Carlene Thompson	*Jusqu'à la fin*
752.	Dolores Redondo	*Le gardien invisible*
753.	Dashiell Hammett	*Le sac de Couffignal* suivi d'*Âmes malhonnêtes* et de *Tulip*
754.	Mario Falcone	*L'aube noire*
755.	François Boulay	*Cette nuit…*
756.	Didier Daeninckx	*Têtes de Maures*
757.	Gunnar Staalesen	*Face à face*
758.	Dominique Manotti	*L'évasion*
759.	Laurent Guillaume	*Black cocaïne*
760.	Jô Soares	*Meurtres à l'Académie*
761.	Inger Wolf	*Mauvaises eaux*
762.	Jo Nesbø	*Police*
763.	Jonathan Ames	*Tu n'as jamais été vraiment là*
764.	Jack Vance	*Méchant garçon*
765.	John le Carré	*L'appel du mort*
766.	Bill Pronzini	*Mademoiselle Solitude*
767.	Franz Bartelt	*Chaos de famille*
768.	Thierry Bourcy	*Les ombres du Rochambeau*
769.	Georges Simenon	*Nouvelles exotiques*
770.	Jo Nesbø	*L'inspecteur Harry Hole. L'intégrale, I*
771.	Lorenzo Lunar	*La vie est un tango*
772.	Nick Stone	*Cuba Libre*
773.	Jean-Claude Izzo	*Fabio Montale*
774.	Boileau-Narcejac	*Les intouchables*
775.	Boileau-Narcejac	*Les visages de l'ombre*
776.	Joe R. Lansdale	*Diable rouge*
777.	Fredrik Ekelund	*Blueberry Hill*
778.	Heinrich Steinfest	*Le poil de la bête*

779.	Batya Gour	*Meurtre en direct*
780.	Laurent Whale	*Les Rats de poussière I Goodbye Billy*
781.	Joe R. Lansdale	*Le sang du bayou*
782.	Boileau-Narcejac	*Le contrat*
783.	Boileau-Narcejac	*Les nocturnes*
784.	Georges Simenon	*Le bateau d'Émile*
785.	Dolores Redondo	*De chair et d'os*
786.	Max Bentow	*L'Oiseleur*
787.	James M. Cain	*Bloody cocktail*
788.	Marcus Sakey	*Les Brillants*
789.	Joe R. Lansdale	*Les Mécanos de Vénus*
790.	Jérôme Leroy	*L'ange gardien*
791.	Sébastien Raizer	*L'alignement des équinoxes*
792.	Antonio Manzini	*Piste noire*
793.	Jo Nesbø	*Du sang sur la glace*
794.	Joy Castro	*Après le déluge*
795.	Stuart Prebble	*Le Maître des insectes*
796.	Sonja Delzongle	*Dust*
797.	Luís Miguel Rocha	*Complots au Vatican I Le dernier pape*
798.	Caryl Férey	*Saga maorie*
799.	Thierry Bourcy	*Célestin Louise, flic et soldat dans la guerre de 14-18*
800.	Barry Gornell	*La résurrection de Luther Grove*
801.	Antoine Chainas	*Pur*
802.	Attica Locke	*Dernière récolte*
803.	Maurice G. Dantec	*Liber mundi I Villa Vortex*
804.	Howard Gordon	*La Cible*
805.	Alain Gardinier	*DPRK*
806.	Georges Simenon	*Le Petit Docteur*
807.	Georges Simenon	*Les dossiers de l'Agence O*
808.	Michel Lambesc	*La « horse »*
809.	Frederick Forsyth	*Chacal*
810.	Gunnar Staalesen	*L'enfant qui criait au loup*
811.	Laurent Guillaume	*Delta Charlie Delta*
812.	Laurent Whale	*Les Rats de poussière II Le manuscrit Robinson*

813.	J. J. Murphy	*Le cercle des plumes assassines*
814.	Éric Maravélias	*La faux soyeuse*
815.	DOA	*Le cycle clandestin, tome I*
816.	Luke McCallin	*L'homme de Berlin*
817.	Lars Pettersson	*La loi des Sames*
818.	Boileau-Narcejac	*Schuss*
819.	Dominique Manotti	*Or noir*
820.	Alberto Garlini	*Les noirs et les rouges*
821.	Marcus Sakey	*Les Brillants II Un monde meilleur*
822.	Thomas Bronnec	*Les initiés*
823.	Kate O'Riordan	*La fin d'une imposture*
824.	Mons Kallentoft, Markus Lutteman	*Zack*
825.	Robert Karjel	*Mon nom est N.*
826.	Dolores Redondo	*Une offrande à la tempête*
827.	Benoît Minville	*Rural noir*
828.	Sonja Delzongle	*Quand la neige danse*
829.	Germán Maggiori	*Entre hommes*
830.	Shannon Kirk	*Méthode 15-33*
831.	Elsa Marpeau	*Et ils oublieront la colère*
832.	Antonio Manzini	*Froid comme la mort*
833.	Luís Miguel Rocha	*Complots au Vatican II La balle sainte*
834.	Patrick Pécherot	*Une plaie ouverte*
835.	Harry Crews	*Le faucon va mourir*
836.	DOA	*Pukhtu. Primo*
837.	DOA	*Pukhtu. Secundo*
838.	Joe R. Lansdale	*Les enfants de l'eau noire*
839.	Gunnar Staalesen	*Cœurs glacés*
840.	Jo Nesbø	*Le fils*
841.	Luke McCallin	*La maison pâle*
842.	Caryl Férey	*Les nuits de San Francisco*
843.	Graham Hurley	*Le paradis n'est pas pour nous*
844.	Boileau-Narcejac	*Champ clos*
845.	Lawrence Block	*Balade entre les tombes*
846.	Sandrine Roy	*Lynwood Miller*
847.	Massimo Carlotto	*La vérité de l'Alligator*

848.	Benoît Philippon	*Cabossé*
849.	Grégoire Courtois	*Les lois du ciel*
850.	Caryl Férey	*Condor*
851.	Antonio Manzini	*Maudit printemps*
852.	Jørn Lier Horst	*Fermé pour l'hiver*
853.	Sonja Delzongle	*Récidive*
854.	Noah Hawley	*Le bon père*
855.	Akimitsu Takagi	*Irezumi*
856.	Pierric Guittaut	*La fille de la Pluie*
857.	Marcus Sakey	*Les Brillants III En lettres de feu*
858.	Matilde Asensi	*Le retour du Caton*
859.	Chan Ho-kei	*Hong Kong Noir*
860.	Harry Crews	*Des savons pour la vie*
861.	Mons Kallentoft, Markus Lutteman	*Zack II Leon*
862.	Elsa Marpeau	*Black Blocs*
863.	Jo Nesbø	*Du sang sur la glace II Soleil de nuit*
864.	Brigitte Gauthier	*Personne ne le saura*
865.	Ingrid Astier	*Haute Voltige*
866.	Luca D'Andrea	*L'essence du mal*
867.	DOA	*Le cycle clandestin, tome II*
868.	Gunnar Staalesen	*Le vent l'emportera*
869.	Rebecca Lighieri	*Husbands*
870.	Patrick Delperdange	*Si tous les dieux nous abandonnent*
871.	Neely Tucker	*La voie des morts*
872.	Nan Aurousseau	*Des coccinelles dans des noyaux de cerise*
873.	Thomas Bronnec	*En pays conquis*
874.	Lawrence Block	*Le voleur qui comptait les cuillères*
875.	Steven Price	*L'homme aux deux ombres*
876.	Jean-Bernard Pouy	*Ma ZAD*
877.	Antonio Manzini	*Un homme seul*
878.	Jørn Lier Horst	*Les chiens de chasse*
879.	Jérôme Leroy	*La Petite Gauloise*

880.	Elsa Marpeau	*Les corps brisés*
881.	Sonja Delzongle	*Boréal*
882.	Patrick Pécherot	*Hével*
883.	Attica Locke	*Pleasantville*
884.	Harry Crews	*Car*
885.	Caryl Férey	*Plus jamais seul*
886.	Guy-Philippe Goldstein	*Sept jours avant la nuit*
887.	Tonino Benacquista	*Quatre romans noirs*
888.	Melba Escobar	*Le salon de beauté*
889.	Noah Hawley	*Avant la chute*
890.	Tom Piccirilli	*Les derniers mots*
891.	Jo Nesbø	*La soif*
892.	Dominique Manotti	*Racket*
893.	Joe R. Lansdale	*Honky Tonk Samouraï*
894.	Antoine Chainas	*Empire des chimères*
895.	Jean-François Paillard	*Le Parisien*
896.	Luca d'Andrea	*Au cœur de la folie*
897.	Sonja Delzongle	*Le hameau des Purs*
898.	Gunnar Staalesen	*Où les roses ne meurent jamais*
899.	Mons Kallentoft, Markus Lutteman	*Bambi*
900.	Kent Anderson	*Un soleil sans espoir*
901.	Nick Stone	*Le verdict*
902.	Lawrence Block	*Tue-moi*
903.	Jørn Lier Horst	*L'usurpateur*
904.	Paul Howarth	*Le diable dans la peau*
905.	Frédéric Paulin	*La guerre est une ruse*
906.	Paul Colize	*Un jour comme les autres*
907.	Sébastien Gendron	*Révolution*
908.	Chantal Pelletier	*Tirez sur le caviste*
909.	Sonja Delzongle	*Cataractes*
910.	Elsa Marpeau	*Son autre mort*
911.	Joe Ide	*Gangs of L.A.*
912.	Francesco Dimitri	*Le livre des choses cachées*
913.	Jo Nesbø	*Macbeth*
914.	Dov Alfon	*Unité 8200*
915.	Jérôme Leroy	*Un peu tard dans la saison*
916.	Pasquale Ruju	*Une affaire comme les autres*

917.	Jean-Bernard Pouy	*Trilogie spinoziste*
918.	Abir Mukherjee	*L'attaque du Calcutta-Darjeeling*
919.	Richard Morgiève	*Le Cherokee*
920.	Antonio Manzini	*La course des hamsters*
921.	Gunnar Staalesen	*Piège à loup*
922.	Christian White	*Le mystère Sammy Went*
923.	Yûko Yuzuki	*Le loup d'Hiroshima*
924.	Caryl Férey	*Paz*
925.	Vlad Eisinger	*Du rififi à Wall Street*
926.	Parker Bilal	*La cité des chacals*
927.	Emily Koch	*Il était une fois mon meurtre*
928.	Frédéric Paulin	*Prémices de la chute*
929.	Sonja Delzongle	*L'homme de la plaine du nord*
930.	Sébastien Rutés	*Mictlán*
931.	Thomas Cantaloube	*Requiem pour une République*
932.	Danü Danquigny	*Les aigles endormis*
933.	Sébastien Gendron	*Fin de siècle*
934.	Jørn Lier Horst	*Le disparu de Larvik*
935.	Laurent Guillaume	*Là où vivent les loups*
936.	J. P. Smith	*Noyade*
937.	Joe R. Lansdale	*Rusty Puppy*
938.	Dror Mishani	*Une deux trois*
939.	Deon Meyer	*La proie*
940.	Jo Nesbø	*Le couteau*
941.	Joe Ide	*Lucky*
942.	William Gay	*Stoneburner*
943.	Jacques Moulins	*Le réveil de la bête*
944.	Abir Mukherjee	*Les princes de Sambalpur*
945.	Didier Decoin	*Meurtre à l'anglaise*
946.	Charles Daubas	*Cherbourg*
947.	Chantal Pelletier	*Nos derniers festins*
948.	Richard Morgiève	*Cimetière d'étoiles*
949.	Frédéric Paulin	*La fabrique de la terreur*
950.	Tristan Saule	*Mathilde ne dit rien*
951.	Jørn Lier Horst	*Le code de Katharina*
952.	Robert de Laroche	*La Vestale de Venise*
953.	Mike Nicol	*L'Agence*

Tous les papiers utilisés pour les ouvrages des collections Folio sont certifiés et proviennent de forêts gérées durablement.

Composition APS-ie
Impression Maury Imprimeur
45330 Malesherbes
le 4 septembre 2023
Dépôt légal : septembre 2023
N° d'impression : 272489

ISBN 978-2-07-303274-4 / Imprimé en France

611910